太極圖說 原始返終

寒暑交替的循環、生長殺藏的過程

曾景明◎著

因果繫之緣，諸事存乎變，陰陽配日月，天地藏易簡。

陽生陰長，陽殺陰藏

宋代理學家周敦頤長年鑽研五經中的《周易》，由〈繫辭〉這段章節得到了啟發，寫下〈太極圖說〉這篇文章。他以簡短的字句描述地球從無到有的過程、人類由生至靈的歷程，藉此闡釋聖人重仁義、合天地的至理。

『太極』形容一個立體的球形，它起源於『無極』，也就是混沌太虛。太極發生之初，無極誕生了奇異點，伴隨異常的高溫（大霹靂）。太初之物受熱，體積瞬間暴增；奇異點釋放異能，物質向內集中。漸漸地，太極成了球體。奇異點持續作用，物質繼續內縮；中心的溫度越來越高，內部的壓力愈來愈大。終於，太極的中心氣化了！然而，奇異點持續作用，物質繼續集中。在膨脹與內縮的反向作用下，太極轉動了！自轉的速度越來越快，反向的力量趨於平衡，星體的磁場於是形成。受到太陽的吸引，太極一邊自轉，一邊繞著太陽公轉。於此同時，384,000 公里之外誕生了一顆陰暗沉靜的月球。這三顆星體規律地運行一段時間之後，太極出現了寒暑交替的循環。『太極』既然是個球體，指的正是地球。地球自轉的角度稍微傾斜，當陽光照射左半球時，會形成左上方光亮、右下方陰暗的景象，這是地球的白天與夜晚，也是太極的陰與陽。白天時，月亮高掛天上卻隱晦難察，此為陽中有陰（少陰）；夜晚時，不會發光的月球看來格外明亮，這是陰中有陽（少陽）。日與月不僅影響地球的環境，更造就生命的發展，但人只看重明亮的太陽，而忽略隱晦的月亮。月球在世人的眼中靜若無存、暗淡無光，事實上，她的作用細微且綿長，只是人類出世的時間短暫，難以察覺罷了。

「周易」一詞源於周乎萬物的消長之道、周而復始的循環之義。太陽（日）內外皆熱，太陰（月）內外俱寒，太極（地球）則是內熱外寒。三者間的距離時遠時近，地球的氣候有暑有寒。從此以往，太極出現了動而生陽、靜而生陰的變化；海洋與大地有了進退、晝夜的現象；人產生了吉凶、悔吝的情感。

《黃帝內經》〈天元紀大論〉：「天以陽生陰長，地以陽殺陰藏。」自天地氤氳、形氣相感以來：太極之陰提供生命的長藏能量，太極之陽掌握了生殺大權。其可謂：陽光遍照萬物生，陰晴圓缺四時成，弱肉強食終歸死，發長收藏坤之能。

科學是陽，哲學是陰；空間是陽，時間是陰；太陽的輻射是陽，地球的磁場是陰；高溫的地心是陽，寒冷的高山是陰；血肉之軀是陽，意志心神是陰；跳動的心臟是陽，沉靜的大腦是陰。

〈繫辭上〉：「日月運行，一寒一暑。」自萬物化生至今，地球上的物種早已歷經了難以計數的大滅絕。恐龍的消失過程大家耳熟能詳，牠們幾乎在一夕之間完全消失在地球上。至於活躍於冰河時期的巨型哺乳動物如猛獁象、劍齒虎、長毛犀牛、大地懶等等，也紛紛在一至兩萬年前神秘地消失了。雖然現代科學家以『小行星撞擊』做為恐龍大滅絕的發生原因，但地球本身自有寒暑的循環，也就是「生、長、殺、藏」的過程，氣候變遷才是造成滅絕的主要因素。本書情節結合了周敦頤的《太極圖說》，藉由目前的暖化現象、簡單的科學觀念，闡述中國源遠流長的哲學思想、太極與天地萬物的密切關連。

《太極圖說》

宋 周敦頤

自無極而為太極。太極動而生陽，動極而靜，靜而生陰，靜極復動。一動一靜，互為其根；分陰分陽，兩儀立焉。陽變陰合，而生水、火、木、金、土。五氣順布，四時行焉。五行一陰陽也，陰陽一太極也，太極本無極也。五行之生也，各一其性。無極之真，二五之精，妙合而凝。乾道成男，坤道成女，二氣交感，化生萬物。萬物生生，而變化無窮焉。惟人也，得其秀而最靈。形既生矣，神發知矣，五性感動，而善惡分，萬事出矣。聖人定之以中正仁義。而主靜，立人極焉。故聖人與天地合其德，日月合其明，四時合其序，鬼神合其吉凶。君子修之吉，小人悖之凶。故曰：立天之道，曰陰與陽；立地之道，曰柔與剛；立人之道，曰仁與義。又曰：原始反終，故知死生之說。大哉易也，斯其至矣！

太極動而生陽，動極而靜，靜極復動

五千六百萬年前，北半球格陵蘭的氣候異常炎熱，溫度遠高於現代的赤道地區，科學家稱之：「『古新世——始新世』之氣候最暖期。」在此期間：枝葉茂盛的喬木遍佈丘陵、平原，形成了濃密的森林、綠色的大地；樹枝間垂著粗大的藤蔓，到處都是高大的蕨類；樹蔭下長滿了鮮綠色的苔蘚、地衣，各式各樣的蝸牛、蛇類、蜥蜴、蛙類生存其中；海岸邊盡是低矮的紅樹林、灌木叢；潮間帶佈滿了海草、藻類。不僅如此，貝類在海藻間緩慢地移動，海龜趴在珊瑚礁上吃著海綿。於此同時，兩千公里外的陸地上出現了一群龐然巨獸。幾十隻吻部又寬又扁的鴨嘴龍在阿拉斯加的沙灘上漫步。牠們四腳著地，走到一片棕櫚樹前方。其中一頭鴨嘴龍站定樹前，抬起前腳，伸長脖子，張口咬下一片棕櫚葉。其他的鴨嘴龍也紛紛地站了起來，咬下葉片。牠們站在炎熱的陽光下，津津有味地咀嚼著多汁的嫩葉。忽然間，一隻龐大的鱷魚從波浪間竄了出來。眨眼間，牠越過了沙灘，撲向最近的一頭鴨嘴龍。這年少的鴨嘴龍剛好站了起來，注視著眼前的樹葉。牠完全沒注意到巨大的帝王鱷已然接近，只想吃下這片美味的葉片。

三千四百萬年前，地球的溫度急遽下降。遼闊的大地被冰雪覆蓋，大面積的海洋為之凍結，南極的冰蓋迅速形成。許多生物耐受不了超級低溫而死亡，氣候學家謂之：「『始新世——漸新世』之滅絕事件。」

二千三百萬年前，地球的氣溫再度升高。南極的冰層開始溶化，大量的淡水注入了海洋。漸漸地，南極洲與南美洲完全分離了。從此之後，南極變成了遺世獨立的陸地，靜靜地來到地球的底端。

一千三百萬年前，地球的氣溫再次下降。廣大的森林為積雪掩埋，南極的冰蓋再次形成，面積越來越大，厚度不斷增加。

二〇三八年，北半球的氣溫忽然升高。中國華中、華南地區三月份的平均溫度大幅超越了往年的盛夏時期，尤其是江蘇地區。南通、常州、無錫、張家港等數十個城市白天的平均溫度都超過了三十九攝氏度。每天從日出開始，整個東南地區變成了一座巨大無頂的天然烤爐。炙熱的陽光從早到晚連續十一個小時照射著大地。僅僅三、四兩個月份，據華東、華南各地區醫院的統計，因中暑、熱衰竭送醫救治的人數超過前年的兩倍以上。各氣象單位、研究機構、新聞媒體紛紛邀請國內外的專家學者、權威人士探討這異常高溫的原因，預測未來的發展情形。幾乎所有人都將矛頭指向了溫室效應。這股熱浪狂潮持續到深秋的十月底才逐漸散去。

到了十一月，華中地區的長江流域出現了連續十三個月無雪可降、雨水不滴的大旱災情。流域中下游的幾條支流，如嘉陵江、烏江、湘江、沅江、資江、澧水、漢江、贛江、黃浦江，河道內的滔滔江水都成了涓涓流水。其餘的次要支流，如昌江、青弋江、修水、章水、禾水、烏水、丹江、唐白河、欒安河，水道內石頭嶙峋，河床乾涸見底，泥沙乾裂成片。受災省區的小型水庫、池塘都成了一坑坑的水窪。許多遭水淹沒多年的古蹟紛紛露出地面上。數百萬畝農田寸草不生，乾裂荒廢。從空中的鏡頭鳥瞰，簡直如同萬里荒原。江西省境內的鄱陽湖因久旱無雨，水位下降至五點二五米，創下該湖實測水文資料的最低記錄，水域面積由四千平方公里萎縮至不足二百平方公里，不到原來的二十分之一。安徽省巢湖周圍的濕地則減少了五百八十平方公里。湖南省洞庭湖的水域面積同樣銳減，由一千六百平方公里降至一百三十二平方公里。湖泊週邊的濕地慢慢成了草原，青翠的草地逐漸乾枯變黃，形成一大片連著一大片的荒野。武漢市長江大橋因河道水位過低，河床露出了如同牙根般的橋墩基座。長江沿岸的河川管理單位，趁著百年難遇的時機，進行了數百座橋梁基座的補強工程。江蘇省洪澤湖的水位同樣連續下降，湖中被水淹沒了三百多年的明朝皇祖陵重見天日。埋藏地底的宮闕、通道、墓室、拱門；排列整齊的石獸、衛士、供桌、龍椅、石屏不但完全暴露在陽光下，連地宮內累積數百年的泥沙都乾裂了。甚至有一群不肖之徒，趁著半夜挖去泥沙，進入宮內竊取古物。

隔年四月，內蒙古北部的戈壁大漠天候異常，龍捲風頻頻誕生。從四月七日起，當地政府幾乎天天發布龍捲風警示通告。五月三日，蒙古高原一天之內形成了十八個龍捲風。這一天，漏斗狀的旋風橫行沙漠，滾滾黃沙騰上了天空，牲畜、營帳漫天飛過，整片住宅成了廢墟。

到了六月，慑人的沙塵暴出現了。鋪天蓋地的黃沙由蒙古高原向南擴散，越過長城，直撲北京。中國國家氣象局針對華北、華中地區發布了沙塵紅色警報。濃密的黃沙造成地面的交通一片混亂，空中的航線完全中斷。人們只能躲在屋裡，動物顯得焦躁無比。偶爾可見一兩個戴著防塵頭套、裹得密不透風的行人在幽暗的路上緩慢前進。各環境單位測得的懸浮微粒濃度，都超過了顯示值的上限。飛沙連續侵襲了三天三夜，牲畜從焦慮不安到陷入恐慌，民眾閉門不出，作息失常。

黃沙隨後侵襲華中的上海、南京、武漢、重慶、江蘇、浙江、安徽、江西、湖北、湖南、河南，幾乎半個中國都陷在黃霧之中。沙塵不只影響中國大陸而已，甚至隨著太平洋高壓一路擴散，往南蔓延到台灣、香港、菲律賓，向東則擴及至日本、韓國、俄羅斯東南沿海。這些區域的懸浮微粒濃度都大幅超越了往年的最高記錄。

ssssss

二〇四一年八月十六日，一個熱帶氣旋生成了，就在菲律賓南端民答那峨島東南方八百公里的海面上。這個氣旋發展迅速，僅僅在五日之內，由一個常見的低壓環流變成了強烈颱風，一個太平洋聯合颱風警報中心成立近百年來未曾見過的超級強颱。此氣旋的中心氣壓遠低於二〇三七年在東沙群島海面形成的『哈蘭特』颱風。雖然哈蘭特後來北上侵襲了海南島，在廣東沿岸登陸，造成了恐怖的災情。但哈蘭特的強度與這個颱風相比，明顯較弱。

此颱名為『月熊』。月熊被命名時仍在菲律賓薩馬島東南方一千二百公里的海面上繞圈子，旺盛的氣流在濕暖的太平洋上空持續發展。兩天後，它以時速三十公里的速度朝北前進。三天後，超級強颱『月熊』以中心風速每小時三百五十公里的驚人強度直撲台灣的東北地區。

二〇四一年八月二十六日十點三十分，颱風中心來到了宜蘭縣龜山島東方一百公里的海面上。暴風圈的左半圓隨後橫掃了蘇澳、宜蘭、基隆地區。在月熊的肆虐之下，農田、茶園如遭浩劫；樹林、果園倒成一片；鐵皮建築、工地鷹架、廣告看板全數吹毀；交通號誌、路樹、燈柱傾倒路邊。一百多艘進入基隆港、蘇澳港避風的船隻因纜繩斷裂被颱風吹離了泊位。其中三十五艘船體破裂，進水後沉沒。另有十幾艘舢舨、漁船被強風吹出港口，在外海漂流。除此之外，停靠在基隆港東碼頭防颱的十萬噸級『TAITAN——泰坦號』郵輪因固定船體的四十四條纜繩全數斷裂，巨大的船體被狂風吹離了碼頭，在港內碰撞了十艘商船、五艘貨櫃輪、兩艘軍艦。其中八艘遭撞後船殼破裂，五艘進水後沉沒。另有五十多只貨櫃掉落水面，沉入水中。貨櫃碼頭上兩部起重機基座同樣遭到了泰坦號的撞擊。其中一部鋼架斷裂，在強風的推動下傾倒於碼頭邊。泰坦號不僅船殼嚴重損毀，左右兩側二十八艘救生艇因固定鋼索斷裂，被風吹落，散佈港內，在水面上載浮載沉。最後，整艘遊輪漂至港區入口，擱淺在紅色燈塔左側的礁石上，佔據了三分之二的航道。為了進行泰坦號的拖離作業，基隆港破天荒地封了港，期間將近三個月。

超級強颱狂掃了台灣北部後轉往西北，十個小時後在福建省寧德市與浙江省溫州市之間登陸。這頭被媒體形容為『瘋狂的月熊』上陸之後，雖然整體的風勢大不如前，後勢卻引進了西南方海面上的太平洋水氣，在福建、浙江地區連續降下了整整七天的大豪雨。其中雨勢最大的五天，寧德市出現了瘋狂降雨。暴雨如同百米瀑布由天而降，低勢地區變成一片汪洋，整座城市有如水中之都。這五日的累計雨量來到了四千七百零三毫米，大幅超越了中國氣象史上的最高紀錄：三千二百二十毫米。這正是二〇三七年『哈蘭特』颱風侵襲廣東地區時所創下的降雨紀錄。

這五天的強降雨甚至超過了福建、浙江地區年平均雨量的兩倍以上。驚人的雨勢導致武夷山脈、戴雲山脈、太姥山脈、雁盪山山壁崩塌，坡地陷落崩解，大量的泥沙土石沖入河道。錢塘溪、羅漢溪水位暴漲。大水夾帶著泥流衝進山谷，淹沒了大片住宅、莊園。甌江、飛雲江河水越過了河堤，橫跨水面的橋梁遭到洪水衝擊，橋的基座流失、橋柱倒塌、橋面陷落。河道兩旁的房舍遭到土石流掩埋。桐山溪流經寧德市一帶，數千戶房屋泡在水裡，大水退去之後，現場只留下古代遺跡般的斷垣殘壁。閩江上游的重陽溪山洪爆發，大水改變了河道，沖向下游的旅遊勝地『重陽秘境』。一座十五層樓高的觀光飯店因而傾倒，橫躺於水面上。閩江河面上的閩洲大橋、閩江大橋、鰲峰大橋、金山大橋不是水位高過橋面、溢過堤防，就是兩側的道路被水淹沒而緊急封閉。橫跨福州市、江心公園的三縣洲大橋；連接福州市、閩侯縣的淮安大橋同樣遭到了洪水衝擊。在滾滾河水的沖刷之下，大橋基底的土石流失，主樑塌於水中，橋面落入河裡。兩座長度均超過六百米的大橋竟遭大水吞沒，消失地無影無蹤。

ʖ ʖ ʖ ʖ ʖ ʖ

這一天，陳義進到天宮三號太空站的植物栽培實驗室，看著自己精心照顧的小小水稻田。這片水稻插秧至今五個月了。每根稻穗不但結穀累累，每顆穀子捏起來也是結結實實。然而，所有的稻稈並沒有因為飽滿的稻穗而下垂，反而呈現全體肅立的奇特景象。

陳義來到太空站三回了，水稻也種了三次，卻只有這批穀子令他感到滿意。他頭一撇，看著牆上的時間——2050年9月23日18:25，心中慨然：「終於要離開了，回到北京，過著每天出門上班的日子。下了班，還可以帶著兒子到太空公園的體育館打打籃球……」想到這兒，陳義終於感到這半年來在太空站裡浮浮沉沉的日子都變得有些意義了。

「對了！該訓練體能了。免得上場後打沒幾分鐘就沒了體力，變成隊友的拖油瓶、球隊輸球的原因，那可真沒面子！」

陳義輕推眼前的種植架，橫著身體退出實驗室，握著牆上的鋼管，拉動身子，穿過通道，進到起居室。

狹窄的空間內擺著一列收納櫃，櫃旁立著兩架床板；牆上佈滿整齊的管線、大大小小的顯示器；另一邊開了一扇窗，透著淡藍色的光。陳義飄在空中，身體轉著圈圈，脫下工作服，換上運動褲，移到櫃子間，解開腳踏車，將固定架鎖緊，坐上墊子，拉緊固定帶，輕踩踏板。

一個小時過去了，他氣喘吁吁，雙腿無力，一身都是汗水。陳義邊喝水、邊擦去臉上的汗，同時看著四周透明的小珠子。上百顆圓滾滾的水珠不上不下地漂在他的身旁。陳義靈機一動：「對了！叫阿強！讓他看看這個難得一見的太空奇景。」

思索間，徐自強在隔壁高喊：「學長！你有沒有發現對流層和平流層之間的溫度升高了？」

陳義一愣：「對流層頂部的溫度升高了？」

徐自強：「是啊！現在的溫度是攝氏零下四十五點一度，高度是赤道上方十八公里。我記得這五個多月來看到的數字都是零下五十度左右，上下變化都不會超過一度，到底是哪兒出了問題？」

陳義：「不會吧？中氣層的溫度呢？」

徐自強：「中氣層的溫度沒怎麼變化，和往常一樣，零下九十度。」

陳義一聽，離開坐墊，拉著扶手，橫著身體，退出起居室，進到氣象觀測室。他來到徐自強身旁，一起看著大氣數據顯示器。

陳義點看其它數據，思索了片刻：「設備沒有問題，這大概和南極大陸的冰蓋消融有關。崑崙科考站的雪雁機場不是停止起降了？」

徐自強點頭：「嗯！我記得半年前跑道下方的冰層出現了裂縫，所以關閉了。還有，夏天的北極圈海面上早就看不到浮冰了。這消息要是再公布出去，肯定又會引起一陣騷動，不曉得那些新聞媒體會如何報導。」

陳義搖頭：「我看這情況不同以往。這次，搞不好要出大事了！」

徐自強：「我也有不好的預感，這太超乎常理了。」

兩個人，肩並肩，盯著畫面上的數字：−45.1℃。

五分鐘後，小數點以下的1忽然變成0！一眨眼，它又由0變回1。

徐自強長嘆：「唉！這是不是大浩劫的前兆啊！」

陳義皺眉：「這麼說是不是太危言聳聽了。」

徐自強：「學長，你沒看這期的《地球科學期刊》嗎？上面有篇〈第五次大滅絕即將來臨〉的專題。」

陳義搖頭：「最近這期的我還沒看，這篇提到了甚麼？」

徐自強：「文章裡面提到了。由於地球氣候快速暖化，溫室效應失去了控制，整個生態環境即將發生巨大的變動。另外，最近五十年來，物種消失的速度是有史以來最快的。如果這情況無法停止，接下來的一百年內，陸地上的哺乳類動物可能會消失百分之七十。」

陳義詫異：「百分之七十！太離譜了吧？人類呢！還有人能活下來嗎？」

徐自強：「人類能存活，畢竟我們是萬物之靈，但是數量不到目前的百分之二十。因為氣候異常，植物難以生長，所以糧食匱乏。各強權國為了爭搶食物進而發動戰爭，多數人是死於大規模的戰爭。」

陳義搖頭：「那是死在人類自己的手上，地球只是個刑場。」

徐自強：「如果大多數的人都死在人類手上，那真是一場大浩劫啊！」

陳義不以為然：「哼！那只是互相殘殺，稱不上地球大浩劫。」

徐自強轉頭看向窗外，望著明亮的地球：「話雖如此，但氣候的影響必然是全面性的，地球上所有的生物都躲不了。」

陳義聽著，不自覺地想起幾年前過世的父母。他的父親三十五歲從台灣調到蘇州，在那兒工作了三十年才退休。十年前，母親隨父親離開蘇州返回台灣，兩人打算待在新竹的老家安度晚年。沒想到，三年之內，兩人皆死於肺癌。他們生前瘦弱的身形、咳嗽時胸痛的表情、無助的眼神又浮現在陳義的腦海裡。那些年，陳義總在太空站與地面之間來來回回，始終沒有好好地陪在他們身邊。

忽然間，他回了神：「如果人類因為爭奪糧食互相殘殺，那我寧可死在太空站！」

徐自強睜大眼睛：「學長！你已經上來三次了，還想再回到這兒？」

陳義面帶戚然：「死在這裡的話，起碼是死在自己的崗位上，至少是個有尊嚴的死法。」

徐自強沒有回答，低頭眨眼，看向窗外。

兩個人靜靜地望著明亮的地球，看著棕綠的陸地、蔚藍的海洋。他們不願想像未來的發展，卻無法忍住。兩人想著，漸感迷惘。半個小時後，窗外的明亮轉為黑暗，漆黑之中萬點星光。

陳義長嘆：「唉！別看了，我擦擦身體要休息了。」

徐自強聽了，微微點頭。

兩個人離開窗邊，懷著忐忑不安的心情離開觀測室，一前一後回到起居室，結束了離站前倒數第三天的生活。

∽ ∽ ∽ ∽ ∽ ∽

睡著沒多久，陳義忽然清醒。

他睜開眼睛，看著窗外散發藍光的地球，心底起了納悶：「奇怪！我記得睡覺之前，明明把窗戶的遮光板給關上了。它何時又被打開？咦！阿強這麼早就起來了？他沒注意到我還在睡？」

陳義瞧著一樣的海洋、沙漠，相同的陸地、山巒，卻發覺眼前這個地球有種說不出的反常。

「好像不太對！這個地球不一樣！對了！空中竟然沒有雲！沒有積雲、沒有層雲、捲雲，完全沒有！這到底是怎麼回事啊？」陳義困惑不已，思索其中的原因。

忽然間，南極大陸中央冒出了白色的雲狀物。陣陣的白霧從冰天雪地中冒了出來，在空中散開。片刻後，陸地上綠色的部份也起了變化。翠綠的顏色逐漸發黃，由赤道向南朝北開始變黃。

東南亞雨林、澳洲雨林、紐西蘭雨林都變了，綠色的部份全都枯黃了。

「這到底是怎麼回事啊？我這是在作夢嗎？」陳義看得滿腦子疑問。

他想解開身上的固定環，離開睡覺的床板，到窗邊看個究竟，雙手卻動不了。疑惑間，黑暗的非洲大陸南端冒出了四、五點火花！接下來，亞洲的勘察加半島、千島群島、日本列島、台灣、菲律賓、夏威夷、印尼，一長串太平洋島嶼上的火山都噴出了火光。難以計數的火山爆發了！只見一座座火山噴著一道道岩漿，暗紅的熔岩佈滿島嶼，緩緩移動，流入海洋。猛烈的火勢迅速蔓延，頃刻間延燒了整個歐亞大陸。一轉眼，窗外的景象跨過了大西洋，來到地球的另一邊。漆黑的夜色裡，南美洲、中南美洲、北美洲西部、阿拉斯加、太平洋周邊的陸地早已陷入了深紅色的火光當中。

「整個地球都著火啦？這不可能！這一定是夢！我非得醒來不可！」陳義看得又驚又疑。

他想從夢中清醒，身體卻動彈不得，心下駭然：「我是怎麼了！活到今年四十歲了！來太空站都三回了！這般豎著睡覺多少次了！竟然會碰上『鬼壓床』這等怪事！」

驚恐之際，徐自強出現了，由通道進入起居室。陳義想喊他來解開自己的扣環，卻張不開嘴巴。

徐自強緩緩來到陳義身邊，輕笑：「嘿！學長，還在做夢啊？」

陳義看著徐自強似笑非笑的臉，迷惑到了極點。他用力捏了大腿一把，卻發現身體毫無知覺。窗戶外冒出陣陣濃煙，地面上依舊火光沖天。

陳義頓時恍然，趕緊閉上雙眼，心中大喊：「陳義！別睡了！」

他猛然睜眼。徐自強消失了，起居室裡空空蕩蕩。

「呼！終於醒了！」陳義鬆了一口氣。

他抬起雙手，準備扯開扣環，卻感到全身痠軟。

「又怎麼了？我明明按了卡榫，怎麼會拉不開？難道我還沒醒？」

他大感無奈，看向了窗外。只見亞洲、歐洲、非洲所有的火山都在噴發，數不清的火山噴著又黑又濃的火山灰。大量的碎屑、灰塵、蒸氣在空中飄揚，逐漸佈滿整個天空。片刻後，又黑又厚的煙雲覆蓋著大地，地球成了一顆黑毛球。陳義覺得全身無力，看得困惑不已。突然間，烏雲中亮出一道又一道的閃光，四周傳來震耳欲聾的雷響，密密麻麻的電流在天空亂竄。陳義聽得毛骨悚然，看得眼花撩亂。天空愈來愈亮，雷聲越來越響。陳義想舉手摀住自己的耳朵，卻抬不起來。

霎那間，閃電消失了，雷聲也停了，整個靜了下來。

漸漸地，暗黑的雲層稀薄了，天空逐漸透明，又高又低的雲層重新出現了。從窗內望去，淡藍的光芒下，竟是一片雪白大地！陳義難以相信眼前的情景，下意識地捏了自己的大腿。他發現身體還是毫無知覺，再次閉上雙眼。陳義想像自己被五花大綁，趴在推車上，進了屠宰場。明晃晃的刀片等在前方。他全力掙脫，豁然輕鬆，看向窗戶。他確定這次真的清醒了，因為那片遮光板依舊關著。

ꩦ ꩦ ꩦ ꩦ ꩦ ꩦ

七個小時後，徐自強醒來，離開鋪位，打開收納櫃，取出食物袋，進到氣象觀測室，一邊吃早餐，一邊盯著顯示器。隔壁「喀！」一聲傳來，他趕緊回到起居室，來到窗前，拉開遮光板：「學長早啊！」

陳義看向漆黑的窗外：「阿強，我昨晚做了一個怪夢。」

徐自強：「是嗎！怎麼怪？」

陳義：「邊吃早餐邊說吧！」

陳義取出餐袋，兩人進到觀測室，來到畫面前方。陳義看著面板上的溫度數字，將入睡後的夢境、夢中夢的經歷說了一遍。徐自強先是皺起眉，聽到最後直搖頭：「學長，你這個夢，好像是災難電影的劇情啊！」

陳義搖頭長嘆：「唉！這夢境聽起來很怪，但感覺起來卻像是真的。」

徐自強：「學長，我沒說你在唬人，只是令人難以相信。」

陳義點頭：「是啊！我從軍快二十年了，從沒遇過這種怪事。」

徐自強看向顯示器畫面：「這是不是日有所思，夜有所夢啊？」

陳義：「這夢怪就怪在……我當時以為自己醒來了，結果還在夢中。」

徐自強：「學長，您一向有研究的精神，這事就交給您自己了。反正我們在這兒還有兩天的時間，您可以好好地琢磨。」

陳義聽了，無奈地看著面板上的溫度數字。他想將這個夢忘得一乾二淨。然而，接下來的四十八小時，這夢卻一直浮現在他的腦海裡，無論是夢、還是醒。他心裡好像有個被設定的鬧鈴，時間一到就不停地發出聲音，想將它關掉卻不知從何關起。另外，他苦思對流層升溫的原因，總覺得這件事和自己有某種關係。有個謎團在他的心中悄然成形。陳義下定了決心，說甚麼都要看清這個謎題，解開它的謎底。

五行之生，各一其性

兩天後的早晨，陳永達起床用餐，準時出門。三十分鐘後，他來到北京市第九中學初中部，進入三年級物理教室。

到了中午，他來到餐廳，排在隊伍後方等候點餐。等待間，牆上的電視開始播報午間新聞。一列標題在畫面的下方──天宮三號太空人圓滿完成太空任務。

一位女記者對著鏡頭，面帶微笑：「陳義、徐自強兩位太空人升空半年後返回地面……」電視上，陳義、徐自強穿著連身的白色太空衣，漫步走下神龍三號航天機，笑著向在場迎接的新聞媒體、工作人員揮手致意。

陳永達看著畫面，心中暗想：「明天老爸回到家，第一句話肯定是：『陳永達，這半年長多高了？最近有沒有打籃球啊？』。」

「不知老爸這次回來能在北京待多久？將調往哪個部門？進行哪些任務？」他想得入迷，直到後方的同學輕聲提醒。

ᘓ ᘓ ᘓ ᘓ ᘓ ᘓ

隔天傍晚，陳義回到家，按了對講機。

門開了，他進入客廳。半年未見的兒子就在眼前，站在樓梯邊。

陳義盯著陳永達頭頂：「兒子啊！長多高啦？」

陳永達：「學校上個月測量是一米八。」

陳義：「哦！快和我一樣高了。最近有沒有打籃球啊？」

陳永達一聽，心中暗自得意，點點頭：「有啦！都跟同學在學校打。」

陳義：「跟同學打有啥意思啊！這幾天咱們找時間到體育館打個過癮。」

陳永達：「好啦！再看看吧！」

陳義點點頭，走向樓梯，抬頭高喊：「老婆！好久不見！我回來了！」他踩著上樓的階梯，想著昨天打電話給妻子的情形。

李小芬就在二樓的房間裡看連續劇。她聽著陳義嚷嚷，卻不發一語。陳義聽不到妻子的回應，硬著頭皮進到房裡。

李小芬坐在沙發上，瞧著陳義進門，冷冷地：「老公，總算回來了！這次打算待多久？」

陳義走到衣櫃前，放下行李，支支吾吾：「最少三個月吧……嗯！最多可能下半輩子……如果沒去成的話。」

李小芬：「只待三個月？太少了吧！至少要一年！」

陳義：「我早上和主任談過了，調往海洋局的人事作業，最快要三個月，慢的話四個月，不可能拖上一年。抱歉了！老婆大人。」

李小芬聽了，臉色一沉。一道冷峻的目光射向了陳義。他轉頭避開，看著電視，裝作沒事。此時，歷歷往事浮現在他的腦海裡。「結婚至今，十六年來，從航母飛行中隊調到航天指揮部，由戰鬥機飛行員變成太空人。永達出生至今……過了十四次生日吧！我好像只有五、六次在家裡一起吃蛋糕慶祝。」陳義回想著。

回憶間，他發覺自己這次回來，只待三個月又要離開，實在說不過去。更何況，半年前第三次進行太空任務的前一天傍晚，自己在餐桌上，當著妻子、兒子的面，煞有其事地：「這次返回地面後，就會調到教育訓練處，擔任新進太空人的指導員，都會老老實實地待在北京。」沒想到，這次人還沒回到家，又打了電話：「老婆，我要調往海洋局的極地研究中心，可能會去南極！」

陳義偷看略帶怒氣的妻子一眼，忽然想起這看似年輕的婦人，竟然快要三十七歲了。他心裡七上八下：「如果按照歐美國家太空人的婚姻模式，我大概十年前就被離婚了吧？」

李小芬板起臉：「憑甚麼你要調哪，上級就會同意。」

陳義：「因為妳老公以前在國防科技大學海洋學院主修海洋學、大氣學，拿的是氣象學學位。」

李小芬心有不甘：「難道沒有其他人了？非你去不可？」

陳義口氣放軟：「老婆啊！全國本事比我強的人很多，但他們未必想去。不管怎麼說，這一次我非去不可！」

李小芬聽了，一臉無奈，站了起來，上前打開地上的行李。

次日下午，陳永達放學回到家。他上樓，進到房間，放下書包，整理課本、筆記。這時候，李小芬喊他下樓吃飯了。好不容易，一家三口終於聚在家裡吃晚餐。陳義連吃了兩碗菜飯，放下手中的筷子，滿足地看著陳永達：「還是在家裡吃老媽煮的菜最棒了，是不是啊！」

陳永達：「和太空站的食物比起來，一定棒的啊！」

陳義一聽，不禁莞爾：「嗯！你知不知道老爸為甚麼一回來就要去南極啊？」

陳永達：「應該去研究氣候暖化的事吧？」

陳義：「是啊！從我上小學那年起，就聽著你爺爺、奶奶討論暖化的事情。新聞也不停地報導北極冰洋融化了，南極冰山融解了。」「所以啊，老爸要去好好地了解，大家說了幾十年的溫室效應，如果繼續發展下去，我們這個地球到底會變成甚麼樣子。」

陳永達：「到最後……不就是海平面一直升高，很多島嶼、沿海地區都被海水淹沒嗎？」

陳義搖頭：「事情不會如此簡單。如果暖化的過程都沒有停止，最後的結果只是海平面升高而已嗎？你好好地想想！」

陳永達摸著下巴：「我不知道！應該就是一直熱下去吧！」

陳義：「沒完沒了地熱下去嗎？把地球上所有的生物都烤熟嗎？」

陳永達：「不會吧！生物老師說過：物種會演化自己的身體來適應棲地的環境。」

陳義：「是啊！那人類呢？是不是永遠躲在屋裡吹空調？」

陳永達：「大概吧！誰教人類愛汙染地球呢！人如果不想活在惡劣的環境裡，就只能被自己囚禁，這大概就是報應吧！」

陳義長嘆：「唉！你說的有道理。你爺爺、奶奶就是被人類自己的汙染給害的，這的確是報應啊！」

李小芬一聽，趕緊岔開話題：「哎呀！人類還可以像縮頭烏龜躲在屋子裡，卻害慘了在野外生活的動物。」

陳義：「沒錯！永達，你有沒有聽過三隻小豬的故事？」

陳永達：「大野狼和三隻小豬嗎？那是幼兒園老師說給娃娃聽的。」

陳義：「這個不一樣，這個故事裡沒有大野狼，但有一個大穀倉，沒聽過吧？」

陳永達：「大穀倉？這個版本沒聽過。」

陳義：「好，那我說給你聽。」

ᘓ ᘓ ᘓ ᘓ ᘓ ᘓ

從前，有一個勤勞的農夫，他蓋了一座很大的穀倉。每年田裡的農作物收成後，他都會先收藏在大穀倉裡。有一天，不知怎地刮起了大風，強風吹斷了大樹的樹枝。這棵樹就種在穀倉旁邊。斷掉的樹枝沒有直接掉到地上，反而把穀倉的角落邊撞破了一個洞。這個勤勞的農夫其實很粗心，他看到穀倉旁有根樹枝在地上，卻沒去看看情況，根本不知道穀倉破了一個洞。

剛好，隔壁人家養了一頭母豬，牠在兩個月前生了三隻小豬。這三隻小豬屬老么最調皮，喜歡到處溜達，找東西吃。這天，老么發現穀倉的牆角破了一個洞。靈敏的豬鼻子告訴牠：「這倉庫裡有很多好吃可口的食物。」

老么的體型又瘦又小，輕易地鑽進了這個洞。牠進去後高興地不得了，發現玉米啃玉米，看見馬鈴薯吃馬鈴薯。牠連續吃了一個多小時，肚子總算吃撐了，再也吃不下任何食物了。老么出生以來頭一回吃得如此心滿意足，以為自己是天底下最幸運的豬了。牠晃著圓滾滾的肚子，從破洞鑽了出去，由原路回到溫暖的豬窩睡覺去了。

接下來的幾天，吃飯的時間一到，老么都躲在豬窩裡，不和老大、老二爭搶飼料。牠寧願忍耐，等其牠豬睡著了，再偷偷地溜出去，鑽進隔壁穀倉吃好吃的食物。後來老二發覺了一件怪事。每次主人來餵飼料時，老么總是無精打采地趴在豬窩裡。更令老二好奇的是，老么的體型不但沒有變瘦，反而比每天正常進食的自己還要肥。老二按耐不住自己的好奇心，想要弄個明白。

一天傍晚，老二和老大一起吃飼料。吃完後，老二回到豬窩，假裝睡著。沒多久，牠聽見老么起了身，溜出豬窩。老二偷偷地跟了上去。老么同樣鑽進了隔壁的穀倉；老二靜靜地跟在牠的屁股後方。老么聽見了身後的動靜，回頭看見了老二。牠知道再也無法保守這個秘密了，只好讓老二一起享用穀倉裡的大餐。

老二不像老么那般自私，吃到一半就想起『有福同享，有難同當』這句話。牠鑽出破洞，跑回豬窩，靠在老大耳邊，輕聲：「大哥，你的肚子還餓不餓啊？想吃好吃的東西就跟我來啊。」

老大滿腦子疑問地起了床，跟在老二後方，隨著來到穀倉。

「大哥，好吃的東西就在裡面，跟我進來吃吧！」老二一說完就鑽進牆角的破洞。

老大見狀跟著鑽進穀倉，在裡面四處嗅著。牠聞到了玉米、馬鈴薯、番薯、胡蘿蔔的味道。各種好吃的農作物竟然堆滿了倉庫。

「怎麼會有這麼多好吃的東西放在這兒啊？」老大口水流個不停，猜想原因。看著老么、老二大吃特吃，牠的腦海裡忽然浮現不安的想法。

「這太奇怪了！這麼多的食物是誰放的？這些東西應該不是給我們吃的！」老大越想越覺得不對勁。牠心裡有個聲音，說這些農作物吃不得，這個地方更是待不得。

「老二、老么別吃了！趕快回去！這個地方我們不該來。」老大一說完，轉身出了洞，由原路跑回豬窩，繼續睡覺。

老二聽了老大的話，心裡萬般地不願意。但是老大說的話不能不聽。牠猶豫了一下，跟著出洞了。老么看著老大、老二離開了，心中得意：「走吧！永遠別來了，這些食物我自己慢慢享受就好。呵呵！我果然是天底下最幸運的豬啊！」牠吃飽了，索性在穀倉裡呼呼大睡，把這裡當成自己的豬窩了。接下來的日子，老么每天在穀倉裡吃飽了就睡，睡醒了又吃，過上逍遙豬的生活，完全忘了自己身在何處。

不久後的某一天，老么吃飽了正想睡覺，豬腦袋昏昏沉沉地。就在半夢半醒之間，牠的身後傳來「喹……喹……」的聲音。

「穀倉的大門被打開了？」老么睡意全消。

牠瞬間清醒，急急忙忙地跑到洞口，想要出去。豬頭鑽出洞口，身體卻卡住了，整條肥豬進退不得。

「這洞怎麼變窄了？我不可能鑽不出去啊！」老么嚇傻了。牠又驚又急，四條肥腿使盡全力，豬蹄子猛推地面。但牠的身體就是無法繼續前進。穀倉的主人進來了，發現自己辛苦的收成被老么吃了大半，說甚麼都不會放過牠。他將老么的兩條後腿綁在一起，把牠拉出洞口，再五花大綁，抬到推車上，載往市場賣給豬肉販子。

陳永達笑了出來：「哈！這是頭蠢豬啊！牠不知道自己每天吃、吃、吃會變成肥豬嗎？」

陳義：「是啊！豬竟然不知道自己會長大，真夠蠢了。」

陳永達：「那後來呢？老么被肉販宰了嗎？」

陳義：「老么的下場並不重要，我要說的是：不可以只看到眼前的得與失。老么得到了眼前的美食，卻失去寶貴的生命，只能後悔自己的貪心。老大當機立斷，放棄嘴邊的大餐，卻平安地活著，絲毫不會感到惋惜。」

陳永達有感而發：「看來老二最幸運了！既跟著老么吃大餐，又乖乖地和老大離開，沒被穀倉的主人抓到。」

李小芬：「你爸爸的意思是說：不要被眼前的利益蒙蔽了自己的內心，凡事要看得長、想得遠。」

陳義：「是啊！人類長久以來只看到科技帶來的利益，不斷地開發各種資源，有多少人想得到暖化的結果。唉！雖然有少部份人看得遠，也有一些人知道要珍惜地球、愛護環境、減少浪費。但是，大部份的人只看到眼前一袋袋的食物，然後拼命地吃，是不是？」

陳永達：「沒幾個人能像豬老大那樣，說不吃就不吃，放棄美食一走了之吧！」

陳義：「話雖如此，但人總要有深謀遠慮的心思吧！總不能任其發展，自生自滅吧！」

陳永達聽了，不自覺地點點頭。

ς ς ς ς ς ς

三個月後，某天下午，陳義從管制中心下班了。他走進家門，來到客廳，坐上沙發，打開電視。轉著頻道時，口袋傳來了響鈴。陳義掏出電話，點開畫面，看見航天指揮部參謀長辦公室發出的通知——海軍大校陳義請於二〇五〇年十二月二十五日前往國家海洋局極地研究中心報到，接受南極特別研究員任務派遣。

陳義一邊看著訊息，一邊盤算何時動身前往上海極地中心辦公室報到。思考間，來電的鈴聲響起，一張人臉浮現。他看了畫面，接起電話：「參謀長好……訊息我剛剛收到了……是啊，我昨天聽主任說了，對流層的溫度升到了零下四十三攝氏度，最近三個月升了兩度……我知道嚴重性，我一定會盡最大的心力……好的，參謀長再見。」

二〇五〇年十二月二十五日早上七點三十五分，陳義來到了上海市浦東區的海洋局極地研究中心。他提著行李，通過大門，完成驗證，走上辦公大樓，來到二樓的副主任辦公室，等著李中前來開門。不到片刻，副主任李中果然上了樓梯。

陳義微笑：「副主任好，我是陳義，今天報到的極地研究員，請多多指教。」

李中忽然見著陳義，一臉詫異：「陳義先生！久仰大名，這麼早就來報到了，裡面請。」

陳義隨李中進入辦公室，將行李放在椅子旁：「我是第一次前往南極，心想這趟任務應該還要準備很多東西，所以早點來了。」

李中：「請坐。我們知道您是第一次前往崑崙站，所有必要的抗寒裝備，中心都會先幫你準備好，出發前自己再確認一遍，放進個人的行李就行了。」

陳義點頭：「謝謝副主任，我是第一次擔任研究員，各方面還請多多關照。」

李中：「別客氣，這次的任務有您加入，想必會有令人意想不到的成果。」

陳義：「副主任太抬舉我了，我們研究中心人才輩出，都是學界裡赫赫有名的專家。我只是個新進研究員，雖說海洋氣象是本科所學，但要與他們相比，只能說不自量力。」

李中：「未必啊！跟您說句實在話，南極大陸充滿了未知及不確定。我想，有時候用點新的研究方法、不一樣的觀察方式反而會有新的發現。」

陳義聽著，微笑不語。

李中：「我先帶你到三樓見過主任，這些待會兒再談。」

ら ら ら ら ら ら

同時間，極地中心主任王鵬坐在辦公室裡發呆。不久後，門口出現了兩個人。

王鵬一看，起身上前：「這位就是陳義先生吧！久仰大名啊！副座，你在我們中心七年了吧？幾時遇過像陳義先生這樣的知名人物來我們中心擔任研究員啊？」

「主任好！極地研究員陳義向您報到。」陳義聽王鵬話中帶著酸意，未等李中答話，搶先說出了自己的報到詞。

王鵬原想消遣一下這位大名鼎鼎、身世奇特的太空人，看看他會如何反應。沒料到陳義對自己的酸語完全不當一回事，甚至是充耳不聞。他看了李中一眼，只見李中一臉狐疑，似乎還在思索著如何回答剛才的問題。

「您好啊！哈！哈！哈！剛剛只是開個玩笑，別介意！」等不到李中答腔，王鵬趕緊自己圓場。

陳義聽得發笑：「哈！咱們研究中心有這麼幽默的長官，想必工作的氣氛一定輕鬆，同事的感情必定融洽！」

李中聽了陳義半捧半諷的回答，終於發覺兩人的對話不太投機。他暗想二人初次見面，氣氛不可弄得如此僵硬，趕緊岔開話題：「主任！雪龍三號應該還是按照局長的指示，三天後啟航吧？」

王鵬：「對！準時發航。根據氣象局的天氣預報，未來半個月南太平洋的海象還算穩定，半個月後就難說了。唉！如果雪雁機場還可以正常使用的話，根本不需要考慮海象的問題。」

陳義點頭：「是啊！這次有幾名研究員一同到崑崙站？」

李中：「連您算進去只有三個人，因為這是臨時任務，所以人數特別少。其他兩位今天耽擱了，明早才會來報到。他們和您一樣，都是背負了特定任務，到那裡進行特別研究。明天我會通知您和他們見個面。」

隔天，陳義又是一大早等在二樓，李中現了身。

李中：「陳先生早，中心的宿舍睡得還習慣嗎？」

陳義：「還不錯，昨晚早早睡了，想說在這兒等他們，會不會打擾到您啦？」

李中推開門板，走進辦公室：「哪兒的話！裡面坐。我還在想，是不是先找您聊聊，說說到了南極之後，如何進行您的研究。」

陳義：「我這趟到南極，主要的目的在於了解冰蓋的融解狀況。另外，還要做天文觀測，比對這些年黃赤交角的變化情形。」

李中眼睛一亮：「天文觀測啊！您真是個行家，我們南極的崑崙站，可說是全球最好的觀測點。」

說話間，門外傳來了敲門聲。一名男子在門外喊：「副主任在嗎？我們是新報到的特別研究員。」

李中看向陳義，使個眼色：「來了！這就來了。」

門一拉開，兩個男子站在門口，一高一矮，皆是三十歲左右。他們一前一後、神色自若地走進辦公室。

陳義迎向前面的高個，伸出右手：「你好，我是陳義，後天一起搭船到南極的研究員。」

靦腆的高個兒與陳義握手：「您好！我叫楊傑。」

後面的男子上前：「陳大校您好，我叫陸清。」

李中：「陳義先生，這兩位是向陽紅二十號科學研究船的探測員，負責全球各區的海底鑽探、水文測量。他們還是水下潛艇的操作員，這次與您一同前往南極，到冰下湖進行水下探測。」

陳義睜大眼睛：「冰下湖！兩位準備做哪方面的研究？」

陸清搖搖頭：「目前還沒有明確的方向，到了現場之後才知道。」

李中：「南極最大的冰下湖叫『沃斯托克湖』。這些年來，那兒也傳出了湖水異常升溫的情況。到底原因為何，還要倚賴他們的探測潛艇，到湖底探查一番。」

陳義詫異：「是嗎？這件事我還是頭一回聽聞呢！」

楊傑：「我們也是第一次在淡水水域進行探勘，只是沒想到，第一次下水就到了南極。」

李中：「對了！主任在海產街訂了餐廳，傍晚要為三位辦個歡迎會，跟中心的同仁們見面交流。」

陳義愣了一下：「今天見面歡迎，後天啟航餞行。」

李中微笑：「是啊！既是歡迎會，也是歡送會。」

三人聽了，相視而笑。

二〇五〇年十二月二十八日早上九點，中國海洋局極地中心所屬的科考破冰船雪龍三號啟航了。船上載著三名特別研究員、三名結構工程師、二十名工程人員，由上海基地碼頭出發，穿越東海、菲律賓海，航經珊瑚海、塔斯曼海。航行了十五天之後，終於抵達南極羅斯冰棚外海。

海面上平靜如鏡，除了破冰船劃過水面，激起一波向外擴散的人字形波浪之外，一望無際的海面上竟然見不到絲毫的波紋與漣漪。只見水面微微地上下起伏，整片海域有如一塊超級果凍被輕輕地搖晃一般。船上眾人看得嘖嘖稱奇，乘客、船員們奔相走告，越來越多人來到舷邊，觀看這奇特的海鏡奇景。陳義、陸清、楊傑坐在船邊的座椅上，隨眾人同看。

一個鐘頭後，靜如池塘的水面上出現了形狀各異的碎浮冰。雪龍三號降低了速率。海上的浮冰越來越多，體積越來越大，四處皆是大大小小、厚薄不一的冰塊。破冰船撞開片片浮冰，緩緩前進。甲板上的乘客逐漸散去，陸續回到船艙。

「你們看！那是啥東西啊？」楊傑忽然拍了陸清的肩膀，同時指向前方。

陸清、陳義朝手指的地方望去。只見不遠處有一片如巴士大小的方形浮冰，冰上有個又圓又長的深色物體。仔細一看，這物體左右晃動，像個生物。

陸清脫口而出：「那是象鼻海豹！看那條長鼻子，是雄性！」

一頭海豹正在冰塊上爬來爬去，時而靠近浮冰邊緣，似要跳進水裡，忽又轉頭爬回中央，再回頭看向水面。

陳義瞧見水中白影穿梭，叫了出來：「牠不敢下去，那水裡有動靜。」

只見三條體型碩大、黑白分明的虎鯨潛在水裡，繞著浮冰游來游去。體型相當於小虎鯨的海豹行動異常，似乎受了傷。浮冰上染著一片血漬、幾道血跡。海豹尾鰭受了傷，遭到圍困不敢下水，在冰上爬坐不安。虎鯨四週穿梭，既不衝上浮冰，也不讓海豹離去。

雙方僵持了一會兒，水裡多出了三條虎鯨。六條鯨圍著冰塊來來去去，不時地浮出水面、噴著水氣、潛入水裡。不僅如此，牠們用龐大的身軀擦碰浮冰邊緣。海豹發現鯨魚的數量增加了，持續進逼，越發不敢靠近。牠用前鰭撐起巨大的身軀，忽左忽右地注視水面。虎鯨在冰塊四周來來回回、上上下下、繞著圈圈。不久後，海豹失去了戒心，趴在冰上閉眼休息。片刻後，浮冰四周平靜無波，黑白的身影全然消失。三人皆以為鯨魚們失去了耐心，離冰而去。

忽然間，體形最小的虎鯨衝出水面，躍上浮冰。處於輕鬆狀態的海豹被此舉所驚，一邊發出驚恐的吼聲，一邊退向後方。牠停在浮冰後緣，挺起龐大的身軀，揚起了長鼻，威嚇這條虎鯨。鯨魚見海豹退到了後方，扭動著身體，滑進了水裡。船邊三人看得困惑不已。納悶之際，較大的五條虎鯨出現了，就在浮冰前方二十米處。牠們排成一橫列，整齊地游向浮冰。鯨魚越游越快、愈來愈接近，眼看就要撞上了。說時遲，那時快，鯨魚潛入水底，游進浮冰的下方。冰塊前緣被鯨魚帶來的波浪抬離了水面；浮冰後緣像蹺蹺板吃重的一端沉入了水中。整片浮冰瞬間傾斜了！

海豹無法控制身體，掙扎地滑進了水裡。虎鯨們察覺海豹已然落水，紛紛游向了入水點。一團血影冒了出來，在冰塊之間散開。三人目睹了虎鯨的獵捕行為，驚得說不出話來，面色凝重地望著暗紅的冰海。

ᘐ ᘐ ᘐ ᘐ ᘐ ᘐ

海面上的浮冰越來越多，體積愈來愈大，幾乎佈滿了水面。船艏衝上了冰面，冰塊擠壓著船殼，碎裂的聲響不斷傳來。不久後，一座座碩大無朋的冰堆出現了。在無人機的引領之下，破冰船穿越了冰堆群，在一望無際的冰面上緩慢推進。

一天後，雪龍三號終於進入了南極洲西南方的大海灣、距離南極點最近的羅斯海。航行間，桅杆上的擴音器傳來了令人期待的聲音：「各位乘客大家好，本船即將抵達此次航程的目的地：羅斯海的恩克斯堡島。完成下錨後，請雪鷹直昇機組員完成飛行準備。」

三十分鐘後，船隻靜止在冰層之中。一群人背著大袋子、提著行李包，登上飛行甲板。指揮員一聲令下，直升機起飛了，遠離破冰船，在白茫茫的冰天雪地間飛行。

五個小時後，雪鷹直升機來到了冰穹A西南方七公里處，前方的雪地上露出了一座橘色的長方形建築。直升機慢慢接近這棟建物，由它的上方緩緩降下，落在籃球場大小的起降平台上。

崑崙科考站門前出現了一群人。他們頂著強風，靠在一起，走上通往平台的階梯。陳義由直升機上跳了下來，被機翼颳起的強風推著走，來到了平台前緣。一個身穿抗凍衣、戴著手套、腳穿雪靴的中年人吃力地來到陳義面前，開口大喊：「我是站長吳宏，歡迎陳義、陸清、楊傑三位特別研究員到站。」

陳義握著欄杆，靠在吳宏耳邊：「站長你好！我看還是先把直升機帶來的物資先搬進站內吧！先忙完這些，我們再和崑崙站的伙伴們做自我介紹好不好？」

吳宏點頭：「說的是！搬完再說不遲。」

直升機的機翼停止轉動了，陸清、楊傑跳下了機艙。一夥人開始下卸運來的物資。很快地，平台上的物品被搬空了：補給品被搬往站內左側的起居室、儲藏室；儀器、設備進到了右側的實驗室、工作間。

不久後，所有的研究員、工程師聚集在十五坪大的客廳休息。陳義看著眾人，清了喉嚨：「站長、副座、各位崑崙站的前輩們大家好！我是陳義，這次到站負責天文觀測和大氣研究。在此之前，本人就職於航天集團，今後請大家多多指教。」陳義說完坐了下來；陸清對楊傑使了眼色。

楊傑點點頭：「嗯！各位先進們大家好，我是楊傑，今年三十歲。這位是陸清，我們一起畢業於清華大學。這次來到南極，主要的任務是負責冰下湖的水文探查。」眾人聽了，拍手表示歡迎。

接下來，站長吳宏為三人介紹了個兒最高的副站長劉因、五名研究員、三名工程師。他又帶領三人在站內走了一圈，介紹所有的工作艙間、生活設施、儀器設備、週邊環境。

「我們崑崙站是南極地區最高的科考站，此處位於冰穹A區，被稱為『冰蓋之巔』。還有，這裡鑽取所得的冰芯具有極高的研究價值，各項觀測數據對於全球的氣候變化具有指標作用，在大氣學、天文學、考古學方面是獨一無二的研究站。」吳宏說得興緻高昂。「另外，這裡的冰蓋是形成最久遠的，還有……」

陸清忽然打斷了吳宏：「站長！有件事要請教。我們要到沃斯托克湖做水底探查，是不是該和東方站的俄羅斯朋友打聲招呼？」

吳宏愣了一下：「講過了！對了，他們還問幾個人要過去，會在那兒待幾天。」

楊傑：「我們兩個人要去，至少待三天！」

陳義眼睛一亮：「還有我！我也要過去。」

吳宏點點頭，看向了劉因：「副座！待會兒請你打電話通知東方站那邊。我們這兒就你和俄羅斯人比較熟。」

劉因搔頭：「我哪熟啊！去過一次而已。」

陳義忽然想起某件事：「站長！我們這兒的天文望遠鏡……能不能找個時間教我操作啊？」

吳宏支支吾吾：「望遠鏡啊？嗯……我們崑崙站裡人才濟濟，這個應該沒問題！」

陳義聽了，不解地看向劉因。劉因吞吞吐吐：「這個嘛……站長的專長在冰芯方面，對天文學的研究沒那麼深。望遠鏡操作……我待會兒跟您講解一下，應該和太空站的差不了多少。」

劉因領著陳義進到了天文觀測室。他站在望遠鏡旁，簡略介紹崑崙站對觀測星體的相關位置。陳義繞了望遠鏡一圈：「這個望遠鏡和太空站用的是同牌子的，型號雖然不同，操作方法應該一樣。」

劉因如釋重負：「太好了！我還擔心說得不正確，不夠仔細呢！說實話，這東西我們不太使用，天文觀測這方面大家沒那麼熱衷。」

陳義自顧自地走著，瀏覽房內其它儀器，發現少了某樣東西：「對了！太陽觀測儀在哪？好像不在這兒？」

劉因：「太陽觀測儀？差點忘了，它安裝在上方的閣樓裡，我帶你去看看。」

劉因走回門口，指著牆邊一座又窄又陡的鋁梯：「就從這兒上去！上面空間不大，您可以上去看看，有問題的話再叫我。」

陳義來到了牆邊，小心翼翼地爬上階梯，來到梯子頂端。正方形的太陽觀測儀就安裝在閣樓中央的桌面上。他踏上地板，走了過去，瞧見觀測儀的電源燈處於開啟的狀態，頓時鬆了一口氣：「副座，這觀測儀都是保持開啟吧？數據應該自動保存吧？」

劉因：「沒錯！這兒平時沒人上來，不會有人操作它。就算停電了，它有不斷電系統可以自動供電半年，記錄保存沒有問題。」

陳義將畫面開啟，動手點看儲存的資訊。畫面顯示著二〇一〇年一月一日起太陽與崑崙站的相對位置。另外，欄位中列出了密密麻麻的角度距離。

§ § § § § §

三個鐘頭後，陳義、楊傑、陸清進入餐廳。

三人坐在一起用餐，劉因走了過來：「三位，俄羅斯的朋友說：『沃斯托克湖的地層不太穩定，常有小地震發生，你們要下去之前得先考慮清楚。』」

陳義皺眉：「有地震？最近才發生的嗎？」

劉因點頭：「嗯！五天前偵測到的。」

陳義：「就算如此，還是得去。」

楊傑點頭：「陳大哥說的沒錯，而且是越早越好。」

陸清：「我也這麼認為，越往後的變化可能越大。」

陳義：「各位，我們今天把設備、儀器準備好，明天一早出發，好不好？」

楊傑、陸清不約而同地點頭。

劉因：「嗯！我先去檢查交通工具，這個不能出問題。」

陳義：「是啊！這麼遠的路程，我也來幫忙。」

次日，四人起床吃過早餐。劉因、陳義共乘一部冰上履帶車；陸青、楊傑騎著一部冰上摩托車，一行人由崑崙站出發了。他們沿著蘭伯特冰川一路向南，以每小時四十公里的速度在冰上前進。五個小時後，走了二分之一的路程，兩部車停了下來。四人下車紮營。填飽了肚子，經過了休息，收妥了營具，他們繼續前進。

又過了五個鐘頭，終於抵達了俄羅斯的東方科學考察站。停好車輛，眾人下車，取出設備、行李，進入站內。劉因與俄羅斯研究員們寒暄，介紹了同行的隊員。他們決定先休息六個小時。待起床、用完餐，徒步前往三百米外的冰下湖探勘孔。

極寒大地，驚天秘境

七個小時後，四個人帶妥設備行李，在俄羅斯研究員格里克耶夫的帶領下，來到了沃斯托克湖上方的冰洞。俄羅斯研究員暱稱此洞『BELLY HOLE——肚臍』。它是一個直徑二點五米的圓形冰孔，位於冰下湖上方四千米的冰面上。肚臍上方搭建了一座支撐架，旁邊有一部起降機。支撐架高約四米，由三支拱型的不鏽鋼管以三角方式固定在肚臍周圍。鋼管在肚臍的正上方結合，接合處下方有一座滑車、一付吊鉤。一條手腕粗細的鋼索繞過滑車的轉輪，鎖住吊鉤的孔洞。吊鉤下方掛著一座高二點五米、寬二米的圓形纜車。纜車本體以二十支三指寬的不鏽鋼管組合而成。俄羅斯人稱此纜車『BIRD CAGE——鳥籠』。鳥籠一次可搭載二人，最多三人。拉動鋼索的起降機由東方站鋪設的電纜供電。鋼索總長四千一百米。起降機設有兩組控制開關，主要的開關安裝在機器的操作面板上，另一個無線遙控開關則掛在鳥籠內側的欄杆上，供搭乘者操作。

格里克耶夫協助兩人進入鳥籠：陸清抱著形似魚雷的探測潛艇小心翼翼地跨了進去，陳義腋著操控顯示器、手提工作燈跟在後方。兩人站定了，格里克耶夫按下面板上的開關，鳥籠由冰層表面向下垂降。

纜車沒入冰層，周圍慢慢變暗，只見上方透著微弱的光芒。

經過了二十五分鐘，陳義打開工作燈，白光照在籠子旁的冰牆上，冰面反射出一片炫光。鳥籠繼續下降，只見冰上鑿著拳頭大小的阿拉伯數字，四個字排成一列——2000m。

又過了三十分鐘，纜車逐漸接近冰湖，下方浮現出一座方型平台。這座浮動平台由九塊混合泡棉的玻璃纖維製成，長寬各為十米、高出水面零點五米，左右兩側中心點各繫著一條鋼索，鋼索的另一端扣在湖面的浮筒上。浮筒下方以兩百五十米長的鐵鍊連接鐵錨，固定在黑暗的湖底。

很快地，籠底碰觸了平台面，陳義按下無線開關，鳥籠停止了。

兩人帶著潛艇、顯示器、工作燈走出了鳥籠。陳義以無線電通知上方的劉因。劉因按下面板上的控制開關，鳥籠離開了平台，重新升至冰面上。

劉因背著大袋子；楊傑提了行李箱，兩人進入了鳥籠。

一個小時後，纜車降到水面平台。

陳義提著工作燈，一步步走到平台邊緣，前後左右照看。只見四周一片黑暗，完全照不著邊。抬頭一看，也是舉目皆黑。劉因打開了行李箱，取出三支取樣瓶：「這個沃斯托克湖的面積大概是一萬五千七百平方公里，湖水體積約為五千四百立方公里，是地球上最大的冰下湖。湖面高度為海拔三千五百米，平均深度約三百五十米，為液態淡水湖。這湖的形狀像個葫蘆，平台所在的中央最窄，兩邊較寬。我們所在的平台與上方冰層間的距離大約是三百米，但是俄羅斯人說了，二十年前，這個距離不到三十米。」

陳義接過兩支取樣瓶，兩人走到平台邊緣。劉因轉開瓶蓋，趴著取水。

瓶子裝滿了水，陳義一一旋緊蓋子，放回箱子。

陸清、楊傑打開探測潛艇、操控顯示器的電源，確認潛艇的探照燈、訊號的傳輸均正常，走至平台邊，將潛艇放入水中。

陸清左手托住面板，右手食指在畫面上移動。楊傑站在陸清身旁；陳義、劉因貼在陸清後方。陸清藉由鏡頭回傳的影像，熟練地操縱潛艇下降。四個人目不轉睛地盯著螢幕。

楊傑看見湖水乾淨無比，不禁讚嘆：「這水中的能見度太好了！比我之前看過的任何海水還清澈。」

陳義：「這簡直像在太空站拿著探照燈照向外太空一樣，一望無際，飄渺空虛。不同的是，從太空站看出去，還可以見到點點繁星。」

陸清：「這裡的能見度超過一百米，真是名副其實的內太空。我們潛到湖底看看。」

說話間，潛艇以十節的速率、下潛角度十度航向了湖底。

二十分鐘後，潛艇來到水下二百五十米的深度。

漸漸地，探照燈照射出去的光線不再遙遠了。片刻後，前方出現一片暗黑。潛艇來到了湖底，與地面保持五至六米的距離，以水平的方式直線前進。

陸清點開了在東方站下載的地圖程式，將湖底分成二十個探查區，同時配合潛艇的定位系統，由目前所在的第十一區開始搜尋。強光照亮了前方八十米內的範圍。

湖底一片灰黑，到處都是大大小小、形狀不一、表面粗糙的黑色石頭。石塊零零落落地遍佈水底，有疏有密。較大的石頭高不過半米，大部份都是棒球般大小。石頭只露出上半部，似乎有層灰黑色的粉末鋪滿湖底。

劉因：「這景象看來像是火山灰沉澱在水底。」

陳義：「那些石頭應該都是火山岩吧？」

劉因：「不知多久以前噴發留下的，南極冰層下方的火山相當多。」

三十分鐘後，楊傑：「同學，換我了，你休息一下吧！」

陸清：「記得留意電量，剩下百分之二十五就要回來。」

楊傑接過顯示器：「放心！沒人想下到湖底撈這條死魚的。」

接下來，楊傑、陸清輪流操縱潛艇，依序探查了十二區到十五區。除了稀稀疏疏、半頭露出的石塊之外，只見到黑灰色的細微粉末。

不久後，畫面中亮起一行紅字──低電量警示。

陸清：「今天只能到此為止了，電量只剩下四分之一。」

陳義突然指向右下角的數字：「兩位有沒有發現這個？」

楊傑驚呼：「攝氏十二點一度！」

陸清低頭一看：「怎麼可能！潛艇剛入水時，我看到的溫度是二點一度。」

陳義點頭：「沒錯！我當時也看到二點一度。剛剛發現是十二度，我還嚇了一跳，以為看錯了。」

劉因：「我只注意畫面的影像，沒想到湖面和湖底的溫度竟然差這麼多。」

陳義面色凝重：「看來這片湖底下一定藏著不為人知的祕密。」

陸清：「我查一下之前的記錄。」

潛艇上升，航向水面；顯示器列出了入水後的溫度數字。

陸清仔細一看：「果然沒錯！湖面溫度二點一度，一路下潛，溫度一直升高，來到十二點一度。」

楊傑：「明天再帶另一部潛艇下來，我們一人操作一部，這樣應該有機會看到一些蛛絲馬跡。」

片刻後，左邊的水中一片光亮，潛艇浮上了水面。

劉因、陸清走到邊緣，將潛艇拉上平台，先後進入鳥籠。劉因按下開關，纜車升起，回到冰層表面。劉因走出籠子，來到操作面板前方，按了下降的按鈕。鳥籠再度向下，來到平台上方，停了下來。陳義提起箱子，進入籠子，拿起開關。楊傑揹著袋子、提了工作燈，走至陳義身旁。鳥籠再次升起，回到冰層之上。四個人到齊了，一起走回東方站。

八個小時後，眾人帶著兩組探測潛艇、兩面顯示器面板重返冰下湖的工作平台。

潛艇先後入水了。陸清、楊傑操縱各自的潛艇，一前一後地航向湖底。

距離水底五米，潛艇平面航行。接下來，兩部潛艇以五節的速率探查了十六、十七、十八區和十九、二十區。水中的溫度總是維持在十二度上下。除了石頭、粉末之外，始終看不到其它東西。

陸清突然靈機一動：「楊傑，你前進到第五區，我直接繞到第一區，速度快一點沒關係，但是要仔細觀察每一區的溫度。」

楊傑點點頭：「嗯！我明白了。」

陳義：「說的對！溫度的變化才是關鍵。」

劉因皺眉：「湖底的溫度不都是十二度嗎？」

陳義：「繼續觀察就知道了。陸清想的沒錯，應該先找找看，看哪一區的溫度最高。」

兩部潛艇以十五節的速率前進著。陳義、劉因時左時右地看著陸清、楊傑手上的顯示器畫面。

不久後，楊傑：「我到第五區了，這裡的水溫也是十二度。」

陸清點頭：「你接著往第四區、第三區看看。有了！這裡升到十四度了！」

陳義、劉因一聽，不約而同地看向陸清手中的顯示器。畫面右下方顯示溫度數字——14.2℃。

陳義睜大雙眼：「有了！真的找到了！」

楊傑：「你在哪一區？」

陸清：「我在第一區！」

陳義：「第一區正好是沃斯托克湖最左邊的位置，沒想到這裡的溫度最高。」

潛艇繼續直線前進，陳義、劉因、陸清緊盯著右下角的溫度數字——14.2℃、15.2℃、16.5℃、17.4℃、17.8℃、16.5℃、15.4℃。

「重新掉頭到十七攝氏度那兒！」陳義脫口而出。

陸清點頭：「我正有此意。」

陳義：「在附近慢慢找，看看有沒有不一樣的地方。」

陸清：「我把這裡設定成兩個區域，一人負責一區。」

楊傑：「設定好把範圍傳給我。」

很快地，陸清：「傳了，你收到了沒有？」

楊傑點頭：「有！收到了。」

兩個人在劃定的小範圍裡來回搜尋。

片刻後，楊傑：「阿清，我這區最高的溫度是十八度。你那邊有更高的嗎？」

陸清搖頭：「我這兒最高的就是十七度。」

正說間，陳義手指楊傑的顯示器左側：「這兒剛才經過的那片湖底，好像有些不一樣。」

楊傑詫異：「有嗎？我繞回去看看。」

陳義：「看來似乎黑一點，那裡的顏色比附近的更深一些。」

楊傑：「我降低高度，靠近看看。」

潛艇下降了，來到一點五米的距離，同時繞個圈子，回到陳義指出的位置。

「看到了！這裡有個洞！黑麻麻的一個大洞！」楊傑興奮大喊。

潛艇停止前進，強光照向前方，果然照見了一個又黑又模糊，近乎圓形的黑洞。劉因看著畫面：「不靠近水底的話，沒法看見這個洞，全是黑壓壓的一片。」

楊傑：「我用測距功能量看看，這個洞口……直徑三米、下方的深度……一千四百五十三米！」

「現在下去嗎？」他轉頭看向陳義。

陳義瞧著劉因：「當然要下去啊！是不是？副座！」

劉因點頭：「是啊！咱們到這兒，就是要找個答案。」

楊傑：「那我先下去了。阿清，你隨後來吧！」

陸清：「好，我待會到。」

潛艇再次下潛了，以垂直向下的角度，慢慢地進入黑洞。

「阿清！這個洞口有點窄，你進來時要小心。」楊傑說話的同時，燈光照見了一個無邊無際的空間。

陳義驚訝不已：「沒想到冰湖下方竟然有如此的大洞！」

楊傑：「是啊，而且這個大洞和湖底間的距離不到一米！」

潛艇緩緩下降，不久之後，遠方出現了一列圓形物體。鏡頭慢慢靠近，只見圓扁形的巨大建築一座接著一座，以近乎直線的方式排列，綿延不絕。三人無法相信眼前的情景，瞪大了眼睛。

陳義深吸一口氣，長吁一聲：「呼！果然沒有白來了！這趟南極之行。」

陸清一聽，探頭來看：「真的找到了不可思議的東西！有你的！兄弟，這次要在南極留名了！」

劉因：「沒想到會有如此大規模的建築在這兒！不曉得這個洞到底有多大？這些形狀像飛碟的物體有多少？」

一言一語之間，潛艇接近了這列詭異的物體。

正如劉因所說的，這些建築的上下兩端較窄，中央較寬。它們就像兩個體積相同的寬口碟，整齊地上下對接。

楊傑：「我用測距來量看看……這個洞的面積……怎麼可能！這個洞竟然如此寬廣！」

陳義：「怎麼？沒辦法測量嗎？」

楊傑：「這個面積是……七十萬五千四百四十平方公里！形狀幾乎是個正圓形，這位置到洞穴上方的高度是一千三百零五米。」

陳義湊近畫面：「天啊！這幾乎是青海省的面積了，這洞穴到底是如何形成的？對了！這些建築的體積有多大？」

楊傑：「飛碟嗎？我來設定一下……高度是三百二十五米，中央最寬的直徑是五百四十二米，頂部的直徑是三百二十五米，底部直徑……也是三百二十五米。」

劉因：「你們看看這比例，它們真的是飛碟，是不是？」

陳義：「底部、頂部、高度全都一模一樣？」

楊傑：「沒錯，真的都一樣，全是三百二十五米。」

陳義：「這些飛碟建築的數量總共有多少？」

楊傑：「總數嗎？這無法計算，潛艇沒有這個功能。不過，我可以把洞內所有物體的形貌掃描後顯示出來，但這得花上一段時間，必須讓潛艇完整地巡航洞內一圈才行。」

陳義：「那需要多久的時間？這洞的面積足足有七十萬平方公里。」

楊傑：「這潛艇全馬力二十五節的話……大概要三、四個月吧！」

陳義：「不只吧！潛艇還要回到上面充電。」「嘿！看這個溫度！」他忽然指著畫面上的數字——20.3℃。

楊傑驚呼：「二十點三度！沒想到南極地底下會出現這種溫度！」

劉因：「看來這個洞裡，應該不是只有這些飛碟而已。」

楊傑一聽，愣了一下：「那我先在這附近看看好了。」

潛艇貼著飛碟前進，畫面出現一列圓頂，在燈光的照射下，一個接著一個，接連不絕地延伸著。

陳義：「這些建築看來排成了圓弧。」

陸清：「我的潛艇也進來了。嗯！這洞沒法劃分範圍了，沒人進來過。」

楊傑：「是啊！我們是有史以來第一、第二個進來的。」

陳義：「是人類有史以來，目前所知的人類。」

劉因：「說的也是，這些飛碟不知多久以前就在這兒了。」

「啊！潛艇失去連線了！」楊傑忽然大喊。

陸清一聽，探頭來看。只見畫面中央出現長方形的黑色框框，框內一列白色字體——裝置狀態：未連線。

陸清：「訊號中斷之前有沒有看到甚麼？」

楊傑搖頭：「沒有。剛才一直貼著這些飛碟前進，畫面突然從圓頂移開，訊號就沒了。」

陳義：「沒錯！影像突然偏了，潛艇左側似乎遭到了撞擊，鏡頭瞬間移向右方，同時失去連線。」

劉因淡淡地：「看來這個洞裡，不是只有咱們。」

陳義、楊傑聽了，疑惑地看著劉因。

陸清皺眉：「那麼……我這部潛艇還要繼續留在洞裡嗎？」

三人不約而同地望著劉因。劉因瞧著沒有影像的畫面，感受到一股壓力，暗自琢磨：「我們一行四人，其中我最年輕……但我是崑崙站的副站長，這次帶領他們來此進行科學探查，理應是這個團隊的領導者。況且，這三個人都是第一次來到南極……我們目前身處冰層下方四千米的冰下湖，在湖底發現了神祕的洞穴，又看到為數眾多的怪異建築，其中一部潛艇遭遇了不明的狀況……」

劉因思索了片刻：「陸清！麻煩你全速前往中斷連線的位置，看看楊傑那部潛艇是不是還在那兒。」

陸清點頭：「好的。」

潛艇全速前進著。不久後，來到了失去連線的地方。在強光的照射之下，八十米內的空間一無所有。潛艇轉了一小圈，只見到一座座的飛碟建築。

楊傑：「潛到地面上，下去找找看。」

潛艇下潛了，來到地面上方二米的高度，同時繞起了圈子。三個人站在陸清兩旁，睜大眼睛，仔細看著。地上只有零零落落、露出上半部的黑色石頭。

楊傑：「今天到此為止吧！該回來了。」

陸清點頭：「是啊！潛艇的電量剩下百分之二十六，不回來不行。」

潛艇上升了，循著原路離開洞穴，穿過湖水，回到平台邊緣。楊傑、陸清將它拉上平台，四人收拾物品，準備離開。

陸清若有所思：「今天在湖底看到的，要對俄羅斯方面提起嗎？」

劉因搖頭：「依我看，先別說出去吧。如果他們知道了，一定會爭著下來，和我們一起一探究竟。如此一來，我們的行動一定會受到影響。」三人聽了，一齊點頭。

陳義：「還有！咱們在東方站這段時間，都別提這洞穴的事，免得有人說溜了嘴，洩露出去了。」

ઙ ઙ ઙ ઙ ઙ ઙ

十個小時後，四個人同樣分成了兩批，一前一後來到湖底平台。

這一次，陸清打定了主意，進入洞穴之後，首要的目標還是鎖定水中的溫度。他不管那些飛碟般的建築到底有多少，也不再尋找那部失去連線的潛艇。他深知兩人此行肩負的任務，就是要找出冰下湖水溫上升的原因。找出了這個原因，或許能解開南極冰蓋融解的秘密。

潛艇入了水，以二十五節的最高速率航向洞穴入口，減速小心通過後，加速潛至地面上方二十米的高度。接下來，又是最高速率、水平直線前進。

楊傑看著畫面：「阿清，還是要用上次的方法，先找出溫度最高的位置嗎？」

陸清：「是啊！否則那麼大的面積，只靠這部潛艇如何探查。」

劉因：「雖然難得有機會觀察這些飛碟，但這終究不是此行的主要目的，以後再找機會來研究吧！先在這洞內跑一圈，看看有啥發現。」

楊傑皺眉：「整個地方跑一圈？那有得跑囉！一個青海省的大小耶！」

陳義：「我看能跑多遠算多遠，還要開啟掃描功能，把跑過的位置都記錄下來。」

陸清：「進洞穴後就開始掃描了，所有的數據都儲存在顯示器裡。」

楊傑：「昨天潛艇中斷連線前的數據也存在我的顯示器裡，不過掃瞄過的範圍不大。」

陸清：「回去之後還得找時間把兩部顯示器的數據整合起來，這樣可以產生更多的資訊。」

劉因：「昨天經過的位置可以省略不去了吧？」

陸清：「是啊！今天往另一邊走。」

潛艇在清澈的水中前進，前方始終一無所有，只見探照燈投射在水中的亮光，溫度也維持在二十點三攝氏度。不久後，楊傑伸手接過了顯示器。陸清走到行李箱前方，拿出了水瓶準備喝水。

楊傑笑了起來：「嘿！嘿！這裡的溫度升高了，攝氏二十二度囉！」

陸清轉頭：「怎麼！才換你就有消息！」

陳義點頭：「溫度還在上升，二十三度了。」

陸清：「要不要潛下去看看？」

楊傑：「還不急，我們對此處的狀況還不熟悉，先把速度降下來再說。」

潛艇的速度慢了，由二十五節降到十五節。不久後，遠方出現了雲霧狀的黑色物體。

陳義：「慢點！慢點！前面有東西。」

楊傑點點頭，將速度降到十節。潛艇緩緩地靠了過去，黑色的雲霧愈來愈近。在強光的照射之下，只見陣陣黑霧由下方冒了上來，通過鏡頭，一路上升。霧中還夾雜著閃閃發亮、有大有小的氣泡。水底下似乎有一座噴泉，朝著上方噴發氣泡黑煙。

慢慢地，潛艇進入了黑霧之中。突然間，三根歪七扭八的黑色柱子近在眼前。最大的一根粗如大腿，較細的兩支約是手臂粗細。三根黑柱被強光照得發亮，呈現出鐘乳石般不規則的表面。潛艇繞著柱子航行，緩緩下降。越往下潛，石柱越加粗大，冒上來的黑霧也越濃，氣泡也越多。

潛艇加大繞行範圍，脫離了黑色雲霧。鏡頭朝向地面，只見幾根黑柱子噴著黑色物質。再往下看，影像忽然扭曲變形，模糊難辨。一道道無形的波紋浮現在畫面上。

「這是海底熱泉！」陸清脫口而出。

楊傑點點頭：「看這擴散的熱紋，我也認為是海底熱泉。」

劉因猛搖頭：「這裡會有海底熱泉？這太離譜了！」

陳義：「由此看來，這個熱泉正是冰下湖溫度上升的原因。咦！你們看看這裡的溫度！」他忽然指向畫面右下角。螢幕上出現了令人難以置信的數字——35.3℃！四人驚得說不出話來，目瞪口呆地盯著顯示器。

潛艇持續下潛，黑霧、氣泡越來越多，幾乎遮蔽了整個畫面。楊傑愈看愈擔心。潛艇的速度更慢了，繞行的範圍隨之擴大。片刻後，潛艇來到了水底，數十根長短不一、有粗有細的黑柱就在眼前。最粗的柱子有如神木，較細的如同路旁的燈柱。石柱上端不斷地噴出黑色的煙霧、閃亮的氣泡，有如大量的煙囪聚集。

陳義：「這個的景象，讓我想起了天津市的石化工業區。」

楊傑將鏡頭拉近，黑柱更大了。只見柱體上附著稀稀疏疏的橢圓形紅色物體，靠近一看，這些東西竟是貝類。劉因伸出左手，以拇指、食指量測這些貝類，頻頻搖頭：「天啊！竟有這麼大的貝殼，這幾乎和鞋子一樣大！它們的直徑都超過了二十五厘米！」

陳義：「這是個怎麼樣的生態系統啊？應該和已知的海底熱泉差不多吧！」

陸青：「一般的海底熱泉，都是由水中的熱源來支撐整個生態系統。靠著水中的微生物、細菌進行化學作用，分解熱泉噴出的硫化物，產生碳氫化合物，提供給附近的小型生物食用。基本上，越靠近熱源的地方，生態發展越旺盛。」

楊傑：「不過，每個熱泉會依當地的條件發展成不同的生態。我在這兒停一下，先看看附近吧！」

潛艇停了下來，鏡頭左右擺動著。只見周圍佈滿了高高低低的黑柱，柱口不斷地噴出黑霧。在燈光的照射之下，有如慶典時節施放煙火的夜間。潛艇繼續前進，在柱子間來回穿梭。水底的溫度竟然在攝氏四十五度至攝氏六十度之間，越往噴出口的溫度越高，最高來到了攝氏九十點五度。每根黑柱的下半部，或多或少都長著一叢叢、一根根的白色生物。牠們的前端有一截深紅色的條狀物，下方則是白色的管狀物。條狀物不時縮回白色的管子內，又慢慢地伸了出來。

楊傑：「這是巨型管蠕蟲！沒想到尺寸這麼驚人。中間最大的這一隻，它的長度至少有十米！」

不只如此，蠕蟲四周聚集了一大群拇指大小的橈足類浮游生物。另有數十隻半透明的節肢生物攀附在黑柱表面。這些生物的體型像蝦子，頭部如螳螂，伸出一對前螯，在柱子表面夾取食物，送入口中。

楊傑有感而發：「這是個巨人版的海底熱泉啊！看看這些浮游生物，我剛看到時還以為是蝦子呢！」

畫面忽然震了一下！陸清驚呼：「潛艇下面有東西！趕快離開。」

潛艇迅速爬升，加速前進，升到十米的高度，迴轉一圈。楊傑調整鏡頭，畫面看向水底。只見一隻褐色的巨型節肢動物出現在畫面當中。牠有圓形的身體，兩側各長著四隻長腳，舞動一對前螯，作勢準備攻擊。

陸清：「這是蜘蛛蟹！真是難以想像，這傢伙的體型竟然如此巨大！」

劉因：「要是被這傢伙攻擊，這潛艇大概要葬身水底了。」

陳義：「牠舉起那對大螯的高度，應該超過三米，剛剛沒被它擊落真是幸運。」

陸清：「牠對於不了解的物體應該不會全力攻擊，潛艇可能靠得太近了。」

楊傑長吁：「呼！如果被這隻螃蟹碰到探照燈或推進器就糟了，還是離牠遠一點。」

說話之間，畫面離開了螃蟹。遠方忽然冒出一團發著白光的物體。這東西緩緩移動，從畫面右方來到了中央。楊傑小心翼翼地讓潛艇靠近，燈光照著一隻近乎透明的生物。牠看來像是一朵沒有菌柄的大香菇，渾身散發著白光。

陸清驚呼：「這是水母！別接近！」

楊傑點頭：「我知道！」

潛艇航向水母右方，準備閃避。前進間，一個紅色物體在畫面上一閃而過。

「那是我的潛艇！」楊傑叫了出來。

陸清搖搖頭：「這兒距離中斷連線的位置最少有五海浬啊！沒想到它會出現在這兒。」

潛艇繞個圈子，慢慢靠近失聯的潛艇。它的右側著地，左側外殼上有明顯的凹痕，上方的探照燈已不見蹤影。鏡頭拉近看個仔細，凹痕中竟有明顯的齒痕。只見十幾個凹洞印在潛艇的外殼上，排成了圓弧狀。洞與洞之間的距離約為十厘米，圓弧的高度約為一米，寬度大概一點五米。畫面來到潛艇下方，出現了方向相反、尺寸相同的齒痕。眾人看得張口不語，現場頓時一片死寂。

片刻後，劉因喃喃自語：「這是哪種生物啊！是鯊魚嗎？聽說巨齒鯊的嘴巴寬度超過兩米！」

陳義搖頭：「這裡是淡水水域啊！怎麼可能是巨齒鯊。而且，巨齒鯊在幾百萬年以前就滅絕了。」

劉因長嘆：「唉！這兒都有海底火山了，誰曉得還有哪些生物在此生存。」

陸清：「也許是恐龍時代的動物，是不是？」

楊傑：「各位，現在該怎麼辦，要在這兒繼續研究這部潛艇，還是四處看看？電量還有二分之一。」

陸清：「附近看看吧！不曉得能不能見到這隻怪物。」

劉因：「要是真遇上了，恐怕這潛艇也保不住了。」

陸清、楊傑一聽，不安地互看對方；陳義愣了一下，看向劉因；劉因雙唇緊閉，望著顯示器。四個人陷入了沉思，四周的空氣凝結了。

很快地，陳義：「我們應該先回去了！」

陸清：「現在回去？電量還綽綽有餘！」

陳義：「各位，先聽我說：第一，我們已經達成任務，發現了這個神祕洞穴，還有水底的熱泉，揭開了沃斯托克湖溫度上升的秘密。第二，如果要繼續研究這個地方，也應該先回到崑崙站，等完成初步的彙報，再由上級決定。」

劉因點頭：「我同意陳義大哥的看法。」

陸清、楊傑又互看了一眼，一齊點頭。

潛艇快速上升，來到了二十米的高度。楊傑一邊看著畫面，一邊設定回航的路線。前進間，畫面中冒出了一團白光，愈來愈亮。水母再次出現，就在前方十米處。

楊傑嘀咕：「又是牠！真是個陰魂不散的傢伙！」

潛艇加速前進，準備由水母的右側閃避。忽然間，一個巨大的白色身影從畫面右方竄出，衝向水母，一口咬住，衝出螢幕！四個人被這突如其來的景象嚇得目瞪口呆，說不出話來。楊傑下意識地調整潛艇的鏡頭，畫面轉向了左方。一隻長相怪異的四足動物出現了。牠全身白色，體形修長，長著一雙長腿，末端有一對蹼。只見巨獸口叼水母，一縮一蹬，像青蛙游水的方式前進，越游越遠，消失在黑暗之中。

眾人盯著空蕩蕩的畫面，現場無比安靜。片刻後，陸清長吁一聲：「呼！楊傑，還好你的反應快，鏡頭有跟上，至少拍到牠離開的身影。」

劉因：「好一隻大青蛙！那麼大的水母，竟被牠輕易叼走。」

陳義：「那部失聯的潛艇，一定是遭到牠的攻擊。」

陸清：「由牠的行為看來，這怪獸把潛艇當成水母了，水母應該是牠的食物。」

楊傑：「如果燈光沒有照著水母，搞不好牠又要跑來咬我們這部潛艇。」

陳義：「不曉得牠能不能看到光線，不知這洞裡還有多少那樣的生物。還有，牠們能不能離開這個洞穴啊？」

話剛說完，「轟隆！」的聲響從平台下方傳來。這轟聲像晴天響起的悶雷，聽來又近又低沉。同一時間，顯示器畫面出現了密密麻麻、模糊不清的黑白條紋。四人大感困惑，皺起了眉頭。漸漸地，影像恢復了。疑惑之間，不祥的預感在四人的心中同時浮現。

「轟隆！」湖底再次傳來同樣的聲音，畫面又浮現異常的條紋。

劉因瞪大眼睛：「糟了！下面發生地震了！」

顯示器的影像回復清晰了，訊號異常的警示卻亮了起來。

楊傑：「是地震沒錯！潛艇回傳的訊號不良，連線的狀態不佳。」

陸清：「那是因為水體發生了波動，數據不能準確判讀。」

陳義脫口而出：「現在立刻撤離！別管那部潛艇了！此地不可停留，趕快走！」

陸清大喊：「楊傑！棄艇啦！以後有機會再下去找它！」

楊傑點點頭，動手設定潛艇自動關機。畫面頓時沒了影像。無人潛艇失去動力，落入了水底，保留著百分之四十的電力。

立人之道，曰仁與義

楊傑抱著操控顯示器，陳義提起工作燈，四個人拋下其餘物品，匆匆忙忙地跑向鳥籠。

「咦？平台怎麼變低了！」劉因第一個來到鳥籠邊，發現籠底和平台間懸空了一米的距離。人高馬大的劉因不以為意，抬起左腳，伸長手臂，握住鋼管，跨進籠子。他轉過身，伸出右手，將三個人一一拉了進去。四個人站在狹窄的鳥籠裡，思索籠子懸空的原因。

陸清抬起頭：「是不是俄羅斯人開我們玩笑？」

劉因皺眉：「在冰天雪地中走了三百米來開這種玩笑？不至於吧！」

陳義拿起欄杆上的遙控開關，按了向上的按鍵。鋼索拉緊了，鳥籠開始上升。雖然載了四個人，纜車依然緩緩升起。眾人鬆了一口氣，陳義將開關掛回欄杆。

上升了二十米左右，右方傳來詭異的「呼呼！」聲。四人轉頭望去，只見一片黑暗，看不到任何動靜。聲音愈來愈大，越來越近，彷彿有隻龐然巨物貼著水面滑行而來。眾人屏住呼吸，瞪大了眼睛。前方漸漸浮現一面模糊的光影。不僅如此，呼呼聲越來越清楚，光影愈來愈清晰。

仔細一看，竟有一面水牆朝著鳥籠而來！

四個人看得又驚又疑，無法理解眼前的情景。

「是海嘯！」劉因叫了出來。

霎那間，眾人心中的疑惑都解開了——眼前的光影正是工作燈的光芒、前方的水牆就是三十米的巨浪！地震忽然發生，湖水瞬間波動；波浪匯集湖水，水位不斷抬升；湖的兩邊較寬，平台位於中央；浪前的水位下降，平台的高度降低；鳥籠吊在鋼索下方，平台浮在水面之上——籠底與平台間出現了空隙！纜車目前上升不到三十米，離肚臍至少還有二百七十米——整座鳥籠就要被海嘯吞沒了！

陳義大喊：「要滅頂了！快抓緊！」

話剛說完，巨浪蓋過平台，衝了過來。四人見狀，趕緊轉身，背對水牆。

驚恐之際，呼呼聲沒了，空氣凍結了。

突然間，眾人的背部一涼！

四個人閉上眼睛，憋住呼吸，泡在水裡。纜車被排山倒海的力量推動了，盪向前方。

轉眼間，湖水退去了。鳥籠像鞦韆般前後擺盪，上方傳來了「啪！」一聲。

陳義抬頭一看，只見吊鉤上方的鋼索三股已斷，捲在一旁。纜車大幅地前後擺盪，鋼索發出怪異的聲響。四人不敢亂動，本能地緊握鋼管，任其搖晃。很快地，頭上、臉上、抗凍衣上的水滴結成了薄冰。

纜車搖來盪去，陳義猛然想起：「糟了！必須將鳥籠暫停！現在四個人在籠子裡，繼續這麼擺盪下去，損壞的鋼索可能無法承受啊！」他看向欄杆，心頭一顫：「遙控開關不見了？怎麼會！我剛剛明明掛在這個地方！糟了……一定是湖水衝擊時掉落了。」他看著腳底的大縫隙，內心隨著遙控器落入了湖底。

鳥籠一邊上升，一邊擺盪，越來越接近肚臍。四個人全身佈滿了薄冰，卻不敢動一下。

劉因抬頭看著上方，驚魂未定：「現在要先暫停一下，鋼索碰到冰層了。」

陳義：「沒法停了！遙控器被大浪沖掉了。還有，鋼索也斷了幾根，再這樣下去，我們有大麻煩了。」

三人聽了，仔細一看，頓時頭皮發麻。陳義定下心神，深吸一口氣，觀察上下四方。

「一定有甚麼方法可以讓鳥籠停止擺動。」他尋思逃命的方法。

劉因焦慮地：「不行！搖晃的幅度太大了，這樣擺盪下去，恐怕進不了肚臍！」

陳義低下頭來，視線穿過籠底，瞧著上上下下、起伏不定的水面。忽然間，他腦中閃過兒時的記憶，想起了小時候在公園玩盪鞦韆的情景。他靈機一動：「有了！我有辦法了！各位！聽我說，我有個法子能讓鳥籠穩定下來。從現在起，都聽我的指揮。」

「就是現在！大家集中站到我這邊來，快！」陳義突然大喊。

三人一聽，腳步一移，貼緊陳義。四個人擠在一起，鳥籠繼續擺動，盪到最低的位置。

陳義大叫：「現在移到對面！」

四人同時踏出腳步，迅速移到另一邊。這時候，劉因、楊傑、陸清都明白了陳義的用意：他想藉著四個人的重量轉移來減緩鳥籠擺動的幅度。鳥籠擺向前方時，四個人站在籠子的後半部；當它從最高點向下盪時，他們立刻移到另一邊。在一次又一次的擺盪中，鳥籠搖晃的幅度縮小了。來回移動七次之後，纜車終於穩定下來。

眾人不敢亂動，一人面向一方，緊緊地握住欄杆，抬頭看著上方。鋼索不停上升，進入黑洞之中。吊鉤離肚臍越來越近了。終於，鳥籠進入了肚臍，籠子的邊緣完全沒有碰撞。四人長吐一口氣，放下了心中的大石頭。

纜車在冰洞中穩定地上升著。二十分鐘後，冰牆上出現了拳頭大小的阿拉伯數字——2000m。

「只剩下一半的距離，再過三十分鐘就可以離開了。」四個人暗暗地慶幸。

「可以順利離開嗎？這趟回程似乎還會發生甚麼意想不到的事情。」陳義心裡冒出不祥的預感。這是他長年以來，多次執行不容差錯的太空任務所培養出來的靈敏。

「鳥籠一路上升，接下來露出肚臍……」他暗自推敲著。「起降機繼續拉起鋼索……咦！如果不能立刻停止的話，吊鉤卡進滑輪裡，馬達持續拉緊鋼索……這下糟了！」

「劉因！快用無線電呼叫格里克耶夫！」陳義猛然大喊。

劉因一聽，從口袋拿出無線電，打開電源。雖然一時摸不著頭緒，但他的直覺告訴自己：「接下來會發生非常不妙的事情！」劉因將無線電拿近嘴邊，按下發射鍵，呼叫格里克耶夫「Grigorjev Grigorjev Grigorjev this is Leo calling, do you hear me?」

連續三次呼叫，無線電的喇叭始終沉靜。格里克耶夫完全沒有回應。劉因詳細檢查頻率、通話設定，確認無線電沒有問題。他重新呼叫兩次，依舊沒有回答。

劉因搖搖頭：「這傢伙應該沒有開機，沒有事前約定的話，他不會主動收聽。」

陳義臉色鐵青：「那麼，我們只能自己救自己了。」

三人一聽，不解地看著陳義。陳義抬頭看上方，深深地吸了一口氣：「注意聽，待會兒鳥籠露出肚臍時，記得，千萬記得，一定要在第一時間跳出去。」

三人聽了，臉上的疑惑更深了。

陳義：「如果沒有立刻跳出去，可能會掉回湖底。」

陸清緩點頭：「我明白了！當鳥籠到頂時，起降機繼續拉起鋼索，鋼索可能完全斷裂，鳥籠還會掉下肚臍。」劉因、楊傑聽到這兒，也想到了即將發生的事。

四個人一起看著進出鳥籠的鋼管門，想著如何及時離開。然而，它並不能被稱為一扇『門』，因為那只是兩支鋼管之間的空隙。這縫隙不足一米，一次只能通過一人。如果像格里克耶夫那樣的體型，還得長吐氣、收小腹、側身體。

「四個人如何在第一時間跳出去？」眾人陷入了沉思。

片刻後，楊傑：「我認為副站長應該第一個出去，因為他最高，最容易出去，就像在平台上那樣，不會耽誤後面的人。」

陳義點頭：「沒錯！副座第一個出去，操控顯示器也由他帶著，這冰湖底下所有的數據都存在那兒，必須優先帶出去。」

「Grigorjev Grigorjev Grigorjev this is Leo calling, do you hear me?」劉因絲毫不理會誰該第一個出去，再次拿起無線電，繼續呼叫格里克耶夫。

陸清：「是啊！越高的越優先出去，這對所有人都有利。」

陳義臉色一沉：「我說呢！我最後出去，你們兩位誰先誰後可以自行決定。」

楊傑：「陳大哥，您是重要的人啊！國家花了多少資源在您身上！無論如何，我們都不能比您早離開。」

陸清：「是啊！剛才您也認同高個兒優先出去。我最矮，當然跟在您後面。」

陳義：「我不是說誰高誰優先，我是說年紀輕的先出去。」

爭論之間，劉因高喊：「對國家愈重要的人愈優先！各位，我最後出去。是我帶你們來這兒的，理當最後一個出去。南極已經是我的家了，今天如果死在這裡，正是死得其所！」

三人聽得面面相覷，不知如何回應。鳥籠內的氣氛頓時凝結。

過了許久，陳義：「楊傑和陸清說的對，高個兒的先出去對咱們最有利。畢竟，咱們一塊兒進來，當然要一起出去。如果順序對的話，我認為有機會，四個人都能順利離開。」三個人沉默不語，一臉嚴肅地聽著。

陳義：「待會兒鳥籠一露出肚臍，第一個還是劉因，第二個楊傑，你們兩個人最高，一大步就跨了出去。陸清你第三，因為我怕我的速度太慢，會影響到你，到時候我和你都出不去。」

陸清支支吾吾：「但是我也擔心……變成是我影響您。」

陳義：「你還年輕，有體力，我對你有信心，你不會妨礙我，放心。」

三人聽了陳義的安排，互相望著。陳義知道他們認同自己的分析，主動指揮三人演練離開鳥籠的順序。

鳥籠繼續升高，上方漸漸露出光影。光線愈來愈亮，纜車接近冰面了。

陳義站在三人後方，提高音量：「離出口還有十米……七米……五米！大家不要緊張，就像剛才練習的那樣，一個接一個，千萬別急，一定都可以出去。」

話一說完，上方亮了起來，吊鉤露出冰面了。劉因站定門口，盯著不斷下降的冰牆。他知道上面的陽光必定刺眼，雙手拿著操控顯示器，舉在頭前遮蔽光線。

冰面降到了眼前，劉因將顯示器拋向右邊，伸手握住鋼管的最高點，抬起右腳，跨上冰面，衝出鳥籠，飛快離開。

楊傑看見劉因離開了，立刻跟著衝了出去。

「咯！」鳥籠上方傳來了異常的聲音。陸清聽著怪聲，沒有跟著楊傑衝出去，反而轉頭看向陳義。

「陸清換你啦！」陳義大叫，同時推了陸清一把。陸清愣了一下，回過神來，跨出腳步，衝向出口，跳出籠子。

「啪！啪！啪！」上方響起硬物的斷裂聲。陳義顧不得會壓傷陸清，三步併成了兩步，緊貼陸清背後，跳了出去。兩人跳出懸空的纜車，一起跌坐在冰面上。

「啪！」籠頂傳來了最後的聲音。四個人眼睜睜地看著鳥籠下墜。它連著一副吊鉤、一截鋼索，稍微擦碰肚臍邊緣後，掉進了深不見底的黑洞。

劉因拾起冰面上的顯示器：「剛才真是千鈞一髮啊！」

陸清一臉慘白：「陳大哥……真抱歉，剛才險些害了你。」

陳義：「別在意，大家都平安出來了，就像我說的一樣，是吧！」

楊傑：「阿清，快接近出口時，陳大哥不是還提醒大家，你沒聽到嗎？」

陸清：「好像有聽到，但我當時緊張得要命，只聽見自己的心臟狂跳，上面又出現了怪聲，一時間忘了如何反應。」

陳義：「我看你當時失神了，趕緊推你一把，否則我們兩個現在大概回到平台上了。」

四個人小心翼翼地走近肚臍邊緣，伸長了脖子，探頭看向黑漆漆的洞底。

「LEO LEO LEO do you hear me?」劉因身上傳來了熟悉的俄羅斯口音。劉因拿出口袋裡的無線電，搖頭苦笑：「格里克耶夫應該知道下面發生地震了，現在來關心我們了。」

了。」

陳義：「回到東方站之後，我們只說遇上了地震，大夥趕緊撤離。洞穴裡的事別說溜嘴了。」

§ § § § § §

四個人疲憊地回到了東方站。一進門，格里克耶夫和幾個研究員圍了上來。劉因告訴他們：「纜車的鋼索斷了，鳥籠掉進了肚臍，我們險些回不來了。」五個俄羅斯人聽了，露出難以置信的表情，七嘴八舌地追問原因。劉因、陳義說了纜車遭巨浪襲擊的經過、一行人從鳥籠跳離的情形。花了一番功夫，總算解釋清楚。俄羅斯人聽得瞠目結舌，頻呼：「無法相信！不可思議！」

經過了六個小時的休息，起床後，四人決定儘速返回崑崙站。與俄羅斯研究員告別後，劉因、陳義共乘冰上履帶車；陸清、楊傑共騎冰上摩托車，四個人、兩部車，一前一後離開了東方站。

走了五公里，陳義看著冰面：「好像下過雪了。」

劉因：「積雪只有幾公分，不礙事。我查過了，接下來幾天都是好天氣。」

引擎發出低沉的吼聲，兩部車以四十公里的時速前進。只見蔚藍的天空廣闊無邊，雪白的冰上一望無際。眼前盡是一成不變的景色。

一個小時後，陳義覺得眼皮沉重、意識矇矓，不自覺地闔上雙眼。

車子突然震了一下。陳義睜開雙眼，瞄了一下。前方依舊是冰天雪地，他又瞇上了眼睛。半醒之間，他感到一絲不安，睜眼瞧了窗邊的照後鏡一眼。

陳義瞬間清醒：「劉因！停一停！他們沒跟上！摩托車不見了！」

劉因看向照後鏡，停下履帶車：「糟了！我剛才打瞌睡了，沒留意到後面，他們啥時消失的？」

陳義：「別說了，趕緊繞回去！」履帶車轉個圈子，循著雪上的壓痕開了回去。

陳義拿起無線電：「二號車，二號車，這裡是一號車，聽到請回答。」一連叫了三次，始終沒有回答。

劉因不安地自言自語：「出發前檢查過油料了……車輛的機件應該沒問題……他們到底出了啥事啊？」

不久後，前方出現了兩人的身影。他們走在履帶車經過的痕跡上，蹣跚而來。陸清走在前；楊傑跟在後。陸清走得一跛一跛；楊傑右手按著下巴。陸清朝履帶車揮手示意；楊傑的抗凍衣上沾著一片血跡。

劉因停車：「你們兩個人發生了啥事？摩托車呢？」

陸清長嘆：「唉！我們的車掉進冰裂隙了。」

陳義一臉詫異：「冰裂隙？在哪裡？」

陸清：「就在我們走過來的地方。」

陳義：「副座，剛剛開過來，你有看到嗎？」

劉因支支吾吾：「唔……沒有看到。」「不過呢，不久前下過雪，縫隙可能被雪覆蓋，表面上看不出來。」

陳義：「如果有冰裂隙……為何我們過得去？」

陸清：「你們的履帶車壓過那道縫隙時，冰的邊緣掉落了一大塊，裂縫瞬間變大。我們緊跟在你們後方，看到時根本來不及停，也沒法閃避。」

劉因：「這部履帶車的重量將近十噸，破裂的冰層受不住它的重壓。」

陸清：「摩托車衝進了裂隙，車頭撞向垂直面，邊緣又崩了一塊冰。幸好當時速度夠快，我和楊傑從座椅上飛出去，越過了那道裂隙。冰上摩托車落入裂縫底部了。」

陳義：「車子毀了沒關係，兩人平安才要緊。」

陸清：「我落下時右腿膝蓋撞到裂縫的邊緣，現在還有點痛。楊傑飛過我的頭頂，下巴撞擊冰面，皮膚撞破了，流了不少血。」

劉因一聽，想到車上備有急救藥品，隨即下車，走到後方，掀開車門，翻出藥箱。他拿起紗布、貼布、綳帶，包紮楊傑的傷口。

陸清：「我看那部摩托車不好處理了，大概要出動起重機。」

劉因：「摩托車上有沒有重要的東西？」

陸清：「沒有，幸好所有的設備都放在你們履帶車上，摩托車上只有飲水、口糧。」

陳義：「副座，我記得前往東方站時也是走這條路線，當時沒見到冰縫隙啊！」

劉因：「冰上何時會出現裂隙，這無法預測。而且縫隙會隨著時間越來越寬、愈裂愈長。不過，冰層上忽然冒出了能吞下整部摩托車的裂隙，這應該和昨天的地震有關。」

陸清：「要不要繞回去看看？那個大裂隙離這兒不遠。」

四人上了車，全擠在一起。履帶車在壓痕上前進著。片刻後，前方的冰面上果真出現了一道又寬又長的裂隙。

劉因停車：「為了安全起見，只能開到這兒。」陳義、劉因下了車，小心翼翼地走到裂縫邊緣。

劉因看得一臉驚奇：「怎麼可能？這裡的寬度至少有三米！」

陳義看了左右：「履帶車經過的地方最寬，別處的裂縫都不到半米。」

劉因指向對面：「你看！那邊的冰面比較高，這邊相對低。我們的履帶車從對面開過來，所以不受影響。」

陳義若有所思：「難怪啊！我當時感到車子震了一下。」

劉因：「我也感覺到了，不過當時猛打瞌睡，所以不當一回事。」

陳義：「幸好我及時發現，否則我們開走了，他們倆個就慘了。」

劉因點頭：「是啊！沒想到蘭伯特冰川附近出現了如此驚人的裂縫，接下來的發展，真是令人擔心！」

陳義：「副座，我看這事要儘早回報局裡。」

劉因點頭，走向車後：「嗯！車上有衛星電話，等我一下。」

靜而生陰，靜極復動

二〇五一年一月二十三日早上七點五十分，國家安全部國內事務處處長黃信走出了家門。他上了電車，走到最後的座位。剛坐下，口袋裡的電話發出了通知的鈴響。他拿出電話，低頭一看。竟是部長辦公室傳來的訊息——黃處長請於早上十點到部長辦公室參加臨時會議。

九點三十分，黃信來到了部長秘書室。他推開門，朝助理辦公桌走去。桌前坐著一位長髮女子。她盯著電腦的畫面，手指點著輸入器。

黃信彎下腰，壓低聲音：「小張，為何突然有緊急會議？還有誰參加？」

張芬芳：「我今天一進門，部長就通知我：『馬上聯繫副部長、黃處長參加十點的臨時會議，還有海洋局、氣象局兩位局長一同參加。』。」

黃信：「海洋局、氣象局局長也來？有沒有說到會議主題？」

張芬芳眉頭皺了一下：「可能和氣候暖化、溫室效應這些事有關。聽說南極的科學考察站……你待會兒就知道了，我不能說了。」

黃信點頭：「好，我知道了，謝謝。」他轉身走出秘書室，經過長廊，來到部長辦公室後門。門邊靠牆擺了五張圓椅，他走到第一張前方坐了下來。

黃信十五年前進入國家安全部，從最基層的反恐偵查員幹起，五年後調升反恐偵查組組長，第九年調至國內事務處擔任安全科科長，三年前升為國內事務處處長。他曉得一件事：舉凡在部長辦公室內舉行的會議，討論的都是「極機密」等級以上的重要事項。議題多半敏感，涉及層面廣泛。會議均以小組討論方式進行。國安部內部成員參加會議者，只會在兩個小時前收到通知。

「到底發生了甚麼事？海洋局、氣象局兩位局長要一起來開會……還扯上了南極科考站！」黃信暗自揣測著。

片刻後，灰色的門板推開了，一個身材高大、穿著武警制服的軍官走了出來。黃信見了此人，起身伸出右手：「李上尉，我還以為你調走了。」

安全官李合中與黃信握手：「原本上週調回大隊部，但部長把我留下了。」

黃信點點頭，將個人電話交給了李合中。李合中接過電話，轉身走進後門。黃信跟著，一齊進入陰暗的長廊。兩人轉個彎，跨入一扇紅門，進到安檢室。房內忽然亮了起來。地板上有個黃色圓圈，黃信站定圈內。李合中點頭示意，黃信跨步走出圈圈。二人隨即進入部長會議室。房內只有一張橢圓形的會議桌，桌旁擺著八張靠背椅。黃信依李合中的手勢坐在左側中央的位子。

李合中：「黃處長，請您稍等一下，部長他們就要到了，我回安全室了。」他一說完，轉身離開。

黃信瀏覽房內，看著玻璃牆面，回想著兩年前第一次來此開會的場景。部長拍桌的身影、憤怒的表情彷彿重現；斷裂的機艙、機翼，大量的機件、殘骸，空難者的遺體、行李在海面上載浮載沉的畫面再次浮現在腦海裡。回憶之間，幾個身影來到了會議室前門。第一人推門而入，正是部長陳明。兩個黃信未曾見過的陌生人跟在陳明身後。最後進門的是副部長鄭重。四人魚貫進入，來到桌邊。

黃信站了起來，舉手行禮：「部長好，副部長好。」

鄭重：「黃信，這位是氣象局長劉智信，另一位是海洋局長高鴻。」「兩位，這就是我們國內事務處處長黃信。我鄭重的介紹，哈!哈!」

聽了鄭重如此介紹，三人笑容滿面，輪流握手。

陳明走至主位，坐了下來：「各位請坐，今天的會議屬『極機密』，所有程序皆按照《機敏資訊保密規範》進行。」

鄭重：「黃信，今天兩位局長之所以會來，就是為了一連串的氣候異常。國務院下了指示：國安部必須和海洋局、氣象局將相關的資料、數據彙整起來。另外，還要預測後續的發展，及時提供正確的建議。」

陳明點頭：「正是如此！劉局長，請您先報告氣象局獲得的相關資訊。」

劉智信：「好的。根據天宮三號太空站回傳的數據，對流層的溫度從七個月前的負五十攝氏度升到了負四十二攝氏度。長久以來，對流層在赤道的溫度始終維持在負五十至負五十二攝氏度之間。最近的升溫現象，根據我們的研判，正是氣候暖化造成的溫室效應。」

陳明：「接下來，請高局長說明一下，海洋局的特別考察員在南極的最新發現。」

高鴻：「是的。昨天，崑崙站的研究員傳回了最新的訊息：特別考察隊在南極最大的冰下湖有了驚人的發現。這個冰下湖叫『沃斯托克湖』，考察員探查到湖的下方另有一個巨大的洞穴。這洞內有火山活動，甚至湧出大量的蒸氣、熱泉。另外，還看到為數可觀、體積龐大的飛碟形狀建築。科考隊在湖面作業時，洞內發生了規模五點五級的地震，形成可怕的巨浪，險些造成傷亡。」

劉智信：「氣象局在一個月之前，觀察到此區的電離層電漿濃度出現了異常上升的情況。本局據此研判，南極內陸的地殼應該發生了相當程度的變動，導致了這場地震。」

高鴻：「震央就在冰湖的正下方，深度約五公里。它造成冰蓋崩裂，冰層表面出現了兩百公里長、約半米寬的冰裂隙。」

陳明：「這場地震和洞穴內的火山活動有關嗎？」

高鴻：「兩者是否相關，目前無法論斷。可以確定的是，火山活動影響了冰下湖的溫度。這洞穴的平均水溫是攝氏二十五度。沃斯托克湖的水溫則從十年前的零下二度升到目前的攝氏二度。還有一點，冰下湖上方的冰層，也就是冰蓋的底部，這部份融解得非常快。也就是說，冰層和湖面之間的距離愈來愈大了，冰蓋越來越薄了。」

鄭重：「所以地震一發生，冰蓋被震裂了，是嗎？」

高鴻點頭：「受到暖化的影響，冰蓋不只變薄，連強度都減弱了。」

劉智信：「依目前的趨勢看來，暖化的速度正在加速進行。」

鄭重：「是嗎？我覺得近幾年的天氣溫和了，不像十幾年前那般狂暴了。」

劉智信：「這幾年的氣候確實緩和了，不像十幾年前那樣。那時候，東南沿海地區常有強烈颱風侵襲、驚人的降雨，華中地區發生大旱災，蒙古高原龍捲風橫行，甚至是全國性的沙塵暴。但這恐怕是風暴前的寧靜，一場氣候風暴可能來臨。全國的平均降雨量已是一年低於一年，去年全年的降雨已經較前年減少了四分之一。」

陳明：「劉局長，可不可以清楚地說明氣候暖化的前因後果。」

劉智信：「造成暖化的各項原因，我們目前掌握的還不夠充份，我不敢妄下斷語。可以確定的是，暖化正持續進行，而且越來越快。至於如何演變、後果為何，這都無從得知。」

鄭重：「按照劉局長的說法，我們無法預知暖化的結局？」

劉智信無奈點頭：「確是如此。」

陳明頭一轉：「黃信，說說你的看法。」

黃信搖頭：「我不是科學家，沒本事討論這個話題。但是，剛剛仔細聆聽兩位局長的說明，我認為此事的後續發展，對整個國家，甚至全人類，必定會造成難以想像的衝擊。」

鄭重：「就是這個原因我們才會在這兒開會。你想想，如果暖化持續進行下去，地球還能讓人繼續居住嗎？還有，要是整個環境惡化了，政府該採取哪些作為來保護人民的生命、維持國家的穩定。」

黃信聽了，閉眼沉思。房內頓時靜了下來。

過了片刻，黃信睜開雙眼：「這要考慮的因素非常多，如果僅是短期的避難措施，那好辦。要是沒辦法掌握受影響的時間、氣候惡化的程度，便無法規劃後續的作為。」

劉智信搖頭：「目前的遭遇在人類的歷史上從未記載，我們只能根據取得的資料，以分析系統進行模擬。」

黃信：「結果如何呢？」

劉智信：「產生的數據很糟糕，整個地球會變得難以居住，很多生物無法存活！但是，幾項關鍵的因素都存有變數。比如暖化的時間會持續多久、哪些因素可能使暖化加速、或是減緩等等，這些資訊目前都無法掌握。」

陳明長嘆：「唉！造成暖化的原因，到底是因為人類製造了大量的二氧化碳，還是定期發生的自然現象？」

高鴻：「部長，這個問題在學界爭了幾十年，始終沒個定論。」

劉智信：「我認為地球暖化的原因，二者皆有之。」

陳明：「請說。」

劉智信：「自從人類使用石化燃料以來，當然排放了難以計算的溫室氣體，比如二氧化碳這些東西。但是，燃燒有機物質，比如石油、煤炭這些可燃物，製造溫室氣體這件事，並非只有人類為之。我國古書《漢書》、《夢溪筆談》中記載黑色的濃稠液體在山谷間、溪水邊泊然流出，甚至漫佈河床、稻田。將其點燃可供火炬，且會產生刺鼻的臭味。由此可見，石油這種東西雖然深埋地底，但在某些時期，它有可能遍佈大地。」

眾人聽著，頻頻點頭。劉智信喝了口水：「各位試想，滿佈地面的原油，如果遇上閃電雷擊燒了起來。想當然，那時的大氣之中，必定充滿了二氧化碳這種氣體。更何況，陸地上還有廣大的草原、森林，這些都是容易燃燒的物質。另外，地球內部本來就蘊藏大量的溫室氣體，比如水蒸汽、甲烷、二氧化碳等等。假如在某個時期，地球發生了大規模的火山噴發，大氣必然也會快速暖化。」

鄭重猛搖頭：「沒想到地球竟然這麼不穩定。」

黃信點頭：「我聽明白了。劉局長的意思是：雖然人類長期使用石化燃料，製造了大量的溫室氣體。但這些物質原本就存在於地球內部，就算人類未將它們挖掘出來使用，這些東西也會經過其它方式變成溫室氣體，造成氣候暖化，是嗎？」

劉智信點頭：「正是！」

陳明：「剛才劉局長談到了，這幾年的氣候表現相對平緩，可能是風暴來臨前的徵兆，這和目前的暖化現象有關嗎？」

劉智信長嘆：「唉！我相信兩者必有關聯，卻想不出其中的道理。」

高鴻：「上個月，極地研究中心派遣了三名特別研究員前往崑崙站。他們已經找到了冰蓋加速融解的原因，希望還能發現其它的蛛絲馬跡。」

鄭重：「高局長說的三人我們都知道，其中一人就是天宮三號的陳義。他從太空站返回地面時就提出申請，想要調往極地研究中心。航天指揮部本來不想放人，但他堅持要去。最後經由我們部長出面協調，他才得以成行。」

陳明點頭：「陳義那天來，說要想盡辦法了解暖化加速的原因，還有溫室效應的結局，請我幫忙促成。我和副部長商量後，決定報請上級。後來呢！國務院最高層級的長官裁定他去。」

萬物生生，變化無窮

同一天，履帶車回到了崑崙站，停在階梯前方。四人下了車，走至車後方。陳義掀開後門，各人取出設備、行李，提回房內。陳義搬出行李箱，提至客廳，放在地上。

八個小時後，他回到客廳，打開箱扣，取出一支裝了湖水的取樣瓶。瓶內的液體只剩下三分之一。陳義大感詫異，靠近一看，只見水珠一滴滴，沿著瓶身落下。他拿出另外兩支瓶子，皆是同樣的情形。陳義困惑不已，搬出箱內所有的物品，看見箱底留著一片水跡。「看來都是從瓶內流出來的……當時明明都旋緊了！這究竟是怎麼一回事？」

他一邊思索原因，一邊觀察瓶身。然而，瓶子沒有破裂的痕跡。陳義轉開瓶蓋，發現蓋子竟然裂了四分之一圈。轉開其它的蓋子，都裂得一模一樣。困惑間，劉因經過了客廳。

陳義高聲：「副座！我們裝水的取樣瓶都滴水了，三個蓋子都裂了，裂的位置竟然一模一樣！難道這些瓶子都是同一批不良品？」

劉因一聽，猛然想起：「哎呀！我忘了，回到咱們站裡，必須把蓋子打開才行。」

陳義：「蓋子要先打開？這是為何？」

劉因：「沃斯托克湖的湖水含有高濃度的氮氣和氧氣，大約是一般湖水的五十倍。」

陳義嘀咕：「就算氣體的濃度有五十倍，這與瓶蓋破裂有甚麼關係？」

劉因：「大有關係！這些氣體因為長期處於低溫又高壓的環境，已經被壓縮為液化型態了。我們在攝氏零下二十度的湖面，將這些水裝進了取樣瓶，這些氣體還是液化的狀態。我們的空調都設定在攝氏十五度，進入站內之時，瓶子的溫度隨之升高。如此一來，這些液化的氣體便會回復原來的體積，也就是膨脹五十倍。」

陳義點頭：「原來如此！」

劉因：「還有，這種強化玻璃的取樣瓶，塑膠的瓶蓋最脆弱了。氣體膨脹後這裡一定會被撐破。」

陳義若有所思：「對了！以前有人寫過這湖水的研究報告嗎？」

劉因：「當然有，十幾年前有幾位研究員合寫過一份中文的，也有俄羅斯人寫的英文版。我記得，這兩份報告的內容幾乎相同。」

陳義：「湖水的分析結果也相同嗎？」

劉因：「應該是吧！因為分析的儀器、調查的方式都一樣。」

陳義：「這水體的形成時間有推斷過嗎？」

劉因想了一下：「我記得有，好像是一萬多年……還是二萬年，這我沒記清楚。實際數字要到研究室查，分析報告都存在那兒的電腦。」

陳義點頭：「嗯！我找時間看看。」

ꕥ ꕥ ꕥ ꕥ ꕥ ꕥ

不久後，陳義離開房間，來到研究室。他打開電腦，調出所有的科研文檔。其中有一份二〇三五年由崑崙科考站全體研究員署名的《沃斯托克湖研究報告》。陳義詳細讀了一遍。接下來，他搜尋全部的英文檔案，看到了俄羅斯研究員執筆的調查報告。他最想知道的一點，就是這兩份報告如何記載沃斯托克湖水體的形成時間。

三個小時過去了，兩篇文章看完了，他卻起了迷惘。英文報告上寫著一萬三千年，而崑崙站的研究員卻判斷為二萬年。「到底哪一份記載的才正確？採用同樣的分析儀器，內容幾乎相同的調查報告，為何單獨在這項數據上有如此巨大的差別！」

ꕥ ꕥ ꕥ ꕥ ꕥ ꕥ

同時間，陸清、楊傑起床了。兩人吃完早餐，回房內整理各自的行李。將所有的物品歸位，楊傑將兩部顯示器放在桌面上，打開電源，執行數據整合功能。陸清坐在椅子上，看著膝蓋上的瘀青，搖頭長嘆：「唉！這趟冰下湖之旅差點有去無回，吃飯的傢伙也少了一件。」

楊傑嘴巴微張：「別唉聲嘆氣了！起碼大夥兒都平安回來了。」

陸清瞄向楊傑的下巴：「是啊！起碼讓你留下了終身紀念。」

楊傑看向陸清的膝蓋：「是嗎？起碼我飛得比你還遠。」

陸清沒好氣：「飛得越遠，摔得越重而已。」

楊傑不以為然：「摔得重總比跌得醜好一些。」

兩人一邊進行數據整合，一邊說風涼話挖苦對方。他們不但年紀一樣，還同在十九歲那年進入了同一所大學。取得學位之後，兩人一齊進入海洋局的水文測量組。他們從最初的海事訓練船，一同分派到向陽紅二〇號海洋探測船。這些年來，兩人搭著海測船遊遍了三大海洋。他們的潛艇不但深入冰封千里的北極海，甚至潛入漆黑詭異的馬里納海溝。兩人在完成具挑戰性的任務後，總愛以相互調侃的方式來釋放壓力。無形之中，他們培養出了福禍與共的同袍之情。一言一語之間，畫面出現了一列字體——數據整合已完成。

陸清點開影像：「結果出來了，來看看！」

面板上顯現著神祕洞穴的立體空間、排成圓弧的飛碟建築、數十座冒煙的海底火山、密密麻麻的水底生物。

楊傑：「這真是一個超大巨蛋，是不是？」

陸清點頭：「沒錯，一個冰湖下方的巨蛋。」

楊傑指向洞穴頂部：「這個中心位置正是洞內最高的地方，周圍的每一個點，和中心的距離幾乎相同，真是個完美的半球體！」

陸清：「看這些飛碟的排列方式，想必圍成一個大圈圈……每座間隔為二百八十八米，總數約七千至九千座之間。」

楊傑長嘆：「唉！不知這些建築是何種生物興建的？」

陸清：「不只吧！還有何時建？為何而建？如何而建？建了之後又發生了何事？還有，這些問題應該找誰來解答啊？」

楊傑若有所思：「想了解地球發生過的一切，比預測地球的結局更難，你信不信？」

陸清不以為然：「哦！照你這麼說，就算沒辦法了解這洞穴的一切，你也能預言地球的未來，是嗎？」

楊傑搖頭：「我是說：『地球的結局』，不是地球的未來。」

陸清雙手作揖，故作恭敬：「請楊大師指點迷津，在下洗耳恭聽。」

楊傑一臉淡然：「好說！想知道天機般的預言，總是要花點時間，是不是？」「不過呢！這些飛碟的建造方式，應該是用兩個相同的物件組合而成。先做出兩個一模一樣的大碟子，然後拿起其中一個，蓋在另一個上面。」楊傑一邊說，一邊用雙手模擬兩個碟子上下對接。

陸清點出飛碟的體積數字——81,934m³，斜眼看楊傑：「這麼大的碟子，如何拿起一個，蓋在另一個上面？」

楊傑：「怎麼拿起來，那又是另外一回事。」

陸清搖頭：「這些飛碟在建造之時，不知洞內是充滿了空氣？還是像現在這般充滿水？」

楊傑緩點頭：「所以囉！就像我剛剛說的，地球的過去一定比她的未來更讓人驚奇。」

另一邊，劉因走出房門，晃過走廊，進到客廳，看見吳宏，嚷了起來：「哎呀！站長！這次你沒和我們一起去沃斯托克湖，真是好可惜啊！」

吳宏一臉訝異：「是嗎？那冰下湖不就是一片死寂……咦！有新發現嗎？」

劉因：「不得了的發現！冰湖之下還有湖。不對！是湖底下有個裝滿水的大洞穴，它的面積有如青海省啊！」

吳宏一聽，低了頭，喃喃自語：「湖底下還有個大洞穴？嗯……那湖底果然有玄機……」劉因看吳宏陷入了沉思，走往飲水機，拿起杯子盛水。

吳宏抬起頭：「那一帶有好幾個冰下湖，像蘇維埃湖、東經九十湖、沃斯托克湖。據我所知，這些湖彼此間似乎有通道連結著。因為，每個湖的水位會上上下下地改變。」

劉因：「像潮汐般改變嗎？」

吳宏：「不一樣！有的湖面一升高，有的就會降低。至於說到變化的原因，可說是眾說紛紜。有些人說：是上方的冰層發生了變動。另一派人認為：這些湖的下方有條巨大的地底河流，當水通過冰湖下方，它們的水位就會改變。」

劉因點頭：「嗯！應該是這個洞穴影響了湖的水位。除此之外，我們還看見了不該出現的東西！」

吳宏好奇：「甚麼東西？咦！難道你們發現了湖水升溫的原因？」

劉因興奮：「沒錯！我們在洞穴內看見了一大片火山、熱泉。它們不停地狂噴黑煙、冒出氣泡。」

吳宏瞪大雙眼：「是嗎？那可真是不得了的發現，有生物在熱泉附近活動嗎？」

劉因：「喔！豈止是生物而已！那些貝類、螃蟹、浮游生物、管狀蠕蟲大得超乎想像。另外，還有一頭龐然大物，牠全身白色，長得像鯨魚，行動如青蛙，張開血盆大口，把那麼大的探測潛艇當成水母叼走了。」劉因一邊說得口沫橫飛，一邊張開雙臂比擬被咬的潛艇。

吳宏愈聽愈感神奇，頻頻點頭：「那些熱泉、生物想必存在許久了。想不到，在沃斯托克湖之下，竟有如此驚人的生態世界。」

劉因忽然靠向吳宏，壓低聲音：「還有，我們看見了飛碟，排成一列、圍成圓弧、數量極多、體積龐大的飛碟！」

吳宏一臉詫異：「飛碟？我的天啊！你是不是在開玩笑？」

劉因搖頭：「聽起來像在說笑。但是，看到時真的笑不出來。走！我們一起到陸清房間，看看潛艇在洞裡錄下的影像。」

ʖ ʖ ʖ ʖ ʖ ʖ

劉因、吳宏走過客廳，進到陸清二人的房間。楊傑正躺在床邊，陸清幫他換上藥片。

劉因：「站長，這次的地震真夠嚇人，連冰層都震裂了。那道冰裂隙，沒有親眼目睹，我都不會相信，竟連整部摩托車都陷落了！」

吳宏：「楊傑的傷口好多了吧！這個地震的強度有五點五級啊！兩位真是福大命更大，要換了別人，碰上這種事，下場可能和那部摩托車一樣，卡在五米深的冰縫中。」

劉因：「不光這件事而已，這兩位頭一回到南極，這幾天遇上的幾件事，都是前所未聞的奇事。」

陸清笑了出來：「哈！聽兩位這麼說，我真不知該不該高興。不過，這趟南極之行，確實沒白來了。」

劉因靠向陸清耳旁：「站長不太相信我們在洞裡看見了一整排飛碟。」

吳宏：「我可沒說不相信，只是感到好奇罷了。」

陸清聽著，明白了兩人的來意。然而，他想起四人回到崑崙站當天，陳義曾到他們房內，告訴兩人：「兩位，沃斯托克湖底下的錄像，是屬於國家所有的科學機密，未得到上級的指示之前，暫且不可透露出去。」

楊傑看陸清面露猶疑，知道他陷入了兩難，脫口而出：「阿清！站長也是咱們科考團隊的一份子，理所當然可以參與這件事。」

陸清聽楊傑道破了顧忌，點了點頭，起身走向櫃子，取出了顯示器。他將面板擺到桌上，打開電源，畫面亮了起來。

劉因：「我們節省時間，從進入洞穴開始看。前面那些沃斯托克湖的錄像，站長幾年前就看過了。」

吳宏興沖沖地：「是啊！直接看飛碟那段就行了。」

陸清點頭：「好的！我設定一下……好了，這裡到洞穴入口了。」影像開始撥放了。只見潛艇一路向下，來到圓形的洞口。吳宏、劉因搬了椅子，坐在顯示器前方，目不轉睛地看著。劉因看過了這些片段，很想當個解說員，為吳宏一一講解。但是，錄像一播放，他卻發覺自己對眼前的景象著實感到不解，只好靜靜地坐在一旁。

四十分鐘後，畫面沒了。吳宏長吁一聲：「呼！真是個令人驚奇的水底世界啊！這隻獵食水母的巨大生物，它的長度估算過了嗎？」

陸清：「依掃描測量的結果，長度為十五點三米。」

吳宏：「可不可以再重複牠衝出來的影像。」

陸清：「沒問題，這大傢伙長的真是怪。我慢速播放，您仔細瞧瞧。」轉眼間，畫面重新播放了。只見白色怪獸突然竄出，慢慢張口，咬住水母。

吳宏看著畫面，自言自語：「這青蛙的後腿、虎鯨的頭型、鯊魚的眼睛、海豹的體型、又有一對胸鰭，又像白鯨般通體雪白，身長超過了十米……」

劉因：「站長，以前有人提過這樣的生物嗎？」

吳宏點點頭：「我記得十多年前，在一場國際研討會，有其它國家的研究員提及：『曾親眼目睹南極水域有巨大的白色生物活動。這些動物不是白鯨，因為牠們不只出現在水中。這生物偶而會爬上冰面，但時間不長。』但是，他們觀察的距離相當遠，而且沒有佐證，難以判斷真偽。」

劉因：「由此看來，我們的發現證實了這個傳言。」

陸清猛搖頭：「陳義大哥說了：所有的發現均屬機密，千萬不可透露出去。」

吳宏點頭：「沒錯！沒有得到上級的許可之前，我們看到的一切，都只能放在心裡。」

劉因長吁：「呼！還好啊！這些事我還沒對其他人提起呢！」

陸清：「我和楊傑可算達成了這次的任務，現在就等陳義大哥。等他完成預定的研究，就可以一起返回上海了。」

一動一靜，互為其根；分陰分陽，兩儀立焉

六個小時後，陳義起了床，帶著行動電腦離開房間，來到了天文觀測室。他將電腦夾在腋下，爬上階梯，進到閣樓裡。他複製了二〇一〇年一月一日 00:01 起黃赤交角的變化數據到行動電腦。完成後，他下了樓梯，回到房間，將電腦放在桌上，打開畫面。螢幕上顯示著百年來地球自轉軸的變化紀錄——

1941 年傾斜：23 度 44 分 33.35 秒。

2040 年傾斜：23 度 43 分 12.25 秒。

陳義將兩項數據輸入自轉軸變化率計算程式，畫面出現一行字——

一百年變化率為減少 1 分 21.1 秒。

他再輸入二〇四一年一月一日至二〇五〇年一月一日的觀測紀錄，眼前列出一排字——

一百年變化率為減少1分46秒。

「果然超乎預期！」陳義內心七上八下。他的心情如同猜中了年度籃球聯賽總冠軍，但自己並沒有下注一般。陳義思索了片刻，挑出了二〇四八年至二〇五〇年的變化數據，再次輸入計算程式。畫面跳出驚人的數字——

一百年變化率為減少2分46秒！

陳義無法相信眼前的數據，將紀錄確認一遍，重新輸入——螢幕上出現了一模一樣的結果。

霎那間，他的腦中一片空白。沒有一個天文學家或地球科學家敢想像，地球的自轉竟會如此異常。尤其是最近這兩年，變化率已從每百年的1分21秒，大幅度增加到每百年2分46秒。

很快地，陳義回復了理智。「照這趨勢繼續發展下去……變化會愈來愈快嗎？氣候會受到影響嗎？這和暖化有關嗎？」「地球自轉軸的變化週期，依照【米蘭科維奇循環】，約為四萬年至四萬二千年，轉軸的傾斜角度在22.1度至24.5度之間來回，目前正由24.5度往22.1度進行當中，約在23.43度，大概進行了一萬三千年左右的時間，應該還有八千年左右才會到達22.1度……」他回想知之甚詳的天文學理論。尋思間，腦海中浮現太空站做過的怪夢，難以理解的影像一幕幕地上演。他感覺自己可能找到了與溫室效應有關的線索。然而，一時之間，又不知該如何繼續發掘。

「唉！這些數據究竟代表甚麼？未來會如何發展呢？」陳義陷入了苦思。思索之時，走廊傳來砰的關門聲。接下來，腳步聲經過門前，走向另一邊的研究室。陳義聽著，猛然想起：「對了！就是他！站長吳宏！在南極一心從事冰芯研究的極地冰川氣候學家！」

陳義起身離開房間，走過走廊，來到冰芯研究室。吳宏坐在電腦前，看著天氣預報。陳義走至吳宏身邊，坐了下來：「站長，現在有空嗎？我有些問題想請教您。」

吳宏轉頭：「哦！甚麼事我能效勞的。」

陳義：「我知道您是研究冰芯的專家，想請教您到過哪些地方進行調查。」

吳宏：「十幾年前我都待在格陵蘭，後來到了冰島、阿拉斯加。六年前攀上喜馬拉雅山，在那兒住了一年。這五年都來南極，最近兩年研究冰穹 A 冰層的。」

陳義：「您都針對冰芯的哪些物質做分析？」

吳宏：「冰芯的研究嘛！首先要知道它的年齡。我會針對氣泡中氪、氬的含量，來判定冰芯的形成時間。」

陳義：「我曾聽說：可以在冰芯中找出特定的內含物，以此了解某段時期的氣候環境，這是真的嗎？」

吳宏點頭：「沒錯，冰芯內的內含物質，對於當時的大氣環境，確實具有相當可靠的參考性。但是，我們在分析之前必須先了解，哪些物質在哪段期間具有哪些意義。」

陳義聽得皺眉：「哪些物質具有哪些意義？」

吳宏思索了片刻：「我舉個實際發生過的例子來說明好了。全世界第一個提出證明，指出地球確實年齡為四十五億歲的人，就是美國的化學家帕特森博士。他在一九五六年進行研究時，測量許多樣本的鉛濃度，發現了一件事：無論他如何小心防範，接受測量的樣本都遭到了鉛的汙染。原來，當時的自然環境裡，鉛的含量高得嚇人。他搭船到大西洋、太平洋、印度洋，分析了各種深度的海水。事實證明了，地球表層海水的鉛濃度竟然是深海的數百倍。他對這個結果耿耿於懷。後來，他跑到格陵蘭，甚至來到南極鑽取冰芯。他研究古老的冰芯，從氣泡分析各個時期的大氣環境。最後，帕特森發現了：當時的空氣中，鉛的含量確實是過去的幾百倍。追查之後，他終於發現，原因就出在美國幾家汽油製造大廠。這些公司在全世界製造、販賣大量的含鉛汽油。僅僅數十年間，全球空氣中的鉛含量大幅上升。由於他鍥而不捨的研究、堅持到底的精神，三十多年後，美國政府擺脫了汽油製造商的壓力。從一九九六年起，美國境內全面禁止含鉛汽油的販售。接下來，世界各先進國禁止含鉛汽油的使用。」

陳義聽著，頻頻點頭。吳宏：「所以，要分析某種物質在某段時期的濃度，就必須先了解它所代表的意義。」陳義聽了，低頭沉思。

吳宏：「對了，你想調查冰芯內的何種物質？」

陳義抬起頭：「二氧化碳的濃度變化……在冰芯中具有特定的意義嗎？」

吳宏：「二氧化碳？你想調查暖化與二氧化碳之間的關係嗎？」

陳義：「是啊！暖化不正是二氧化碳所造成的溫室效應嗎？」

吳宏一愣：「可以說是……也可以說不是！」陳義聽了，露出不解的表情。

吳宏：「沒錯，二氧化碳的確是惡名昭彰的溫室氣體，但比起甲烷、水蒸汽，它造成的暖化效果其實沒得比。」

陳義吞吞吐吐：「如果……同時分析這三種氣體在冰芯中的濃度……這樣可以嗎？」

吳宏：「當然可以！但是，這三種氣體代表哪些意義呢？」

陳義：「我想，可以代表大量的火山在同一個時間點一起爆發吧！」

吳宏搖搖頭：「我現在就可以告訴你，從我調查世界各地的冰芯起，這十三年來，共研究過八個地方的冰芯。但是，從沒見過這三種氣體濃度同時偏高的冰芯。」

陳義聽著，面色如土，搖頭嘆息。

吳宏：「後來，我也考慮單獨分析二氧化硫這種火山噴發時會大量出現的氣體。事實上，我也確實發現了。在某段時期，的確有二氧化硫濃度較高的數據。但是，這個結果只出現在格陵蘭採掘的冰芯裡，所以不能代表全球的環境。」

陳義悵然若失地站了起來，一步步朝著門口走去。

「只調查水蒸汽呢？這樣行不行？」他突然回頭。

吳宏：「水蒸汽！當然行，只是……要研究水分子蒸發成水蒸汽，還是水蒸汽凝結成水分子？」

陳義：「這當中有分別嗎？」

吳宏：「當然有。一般的水分子都是由氫和氧所組成，不同的是，冰芯中的氫有兩種穩定的同位素，分別是 1H 與 2H。當液態水被蒸發成氣體時，由 1H 組成的水分子會揮發到空氣中，這時候，由 2H 組成的水分子容易被保留在液態中。在這段期間，與空氣接觸的冰芯便含有濃度較高的 1H。然而，水蒸汽凝結成水或冰的過程中，由 2H 組成的水分子則會先凝結。所以，這段時期的冰芯則含有相對較多的 2H 水分子。」

陳義邊聽邊坐回了椅子。他閉上眼睛，想像南極上空佈滿水蒸汽的情景。奇異的夢境在他的腦中飄然浮現。「南極大陸噴出大量的水蒸汽，接著綠色的雨林枯萎，大量的火山噴發，空氣充滿火山灰，然後雷電交加……」陳義回想著那個夢。

吳宏見陳義雙眼似閉非閉，臨機一動：「嗯！南極有少量的冰會直接變成水蒸汽。同樣地，空中的水蒸汽也會直接凝結成冰。」

陳義一聽，從椅子上跳了起來：「這是真的嗎？沒錯！應該從水蒸汽與冰的變化之間著手！」

吳宏沒料到自己隨意地一提，陳義竟會出現觸電般的反應，輕笑：「呵！呵！水蒸汽變成冰稱之為『凝華』。相反地，冰直接氣化成水蒸汽則叫做『昇華』。」

陳義猛點頭：「嗯！我想知道的正是昇華與凝華。冰芯裡同時存在這兩者的機會高嗎？」

吳宏搖頭：「這是一件相當矛盾的事情。你想，既然已經是昇華的狀態，這就表示當時的氣溫必定偏高，凝華如何發生呢？」

陳義：「應該有！只是……不知實際發生的頻率是高還是低。」

吳宏想了一下：「嗯！這種狀態我還沒調查過，大概也沒人想像得到吧？大氣真的有過這種現象？」

陳義：「站長，南極大陸本來就隱藏著各式各樣的驚奇，不是嗎？」

吳宏點頭：「那好！這兩天我和助理研究看看，確定一下。」

兩天後，吳宏走出研究室，來到陳義門前，敲著門板：「陳義在嗎？我吳宏啊！」

陳義一聽，從床上跳了起來，上前開門：「站長！怎麼樣！有發現嗎？」

吳宏走進房內：「有！正如你所說，我在冰穹A的冰芯裡，確實發現水分子同時出現兩種變化。」

陳義一臉興奮：「真的嗎？這種矛盾的情形確實發生過？」

吳宏點頭：「嗯！在某些時期的冰芯中，真的有昇華與凝華一起存在的證據。」

陳義：「太好了！發生的頻率呢？這種現象經常出現嗎？」

吳宏：「這正是奇怪的地方。按常理來說，這種情形應該很罕見。但是，我看到的卻非如此。有時隔了很長一段時間才觀察到，有時則固定一段期間就會出現。最短的週期大約是四萬年，常常發現四萬年左右發生一遍。」

陳義睜大雙眼：「四萬年發生一遍！果然和我的猜測一樣！」

吳宏一臉困惑：「怎麼？這個數據你早就知道了？」

陳義點頭：「嗯！四萬年這個時間恰好符合了地球自轉軸的變化週期。」吳宏聽了，一臉不解。

陳義：「對了！依您的觀察，最近發生的時間在多久以前？」

吳宏：「最近一次大約在十萬至十二萬年前。」

陳義：「十萬到十二萬年前嗎……可惜啊！這就無法判斷了。」

吳宏：「你剛才說：『地球自轉軸的變化週期是四萬年。』這數據來自其它的研究嗎？」

陳義：「地球自轉軸的傾斜角度在 22.1 度至 24.5 度之間來回變化，完成一個週期約為四萬二千年。也就是說，從 22.1 度傾斜到 24.5 度要二萬一千年，從 24.5 度重新回到 22.1 度也要花上同樣的時間。」

吳宏點頭：「我想起來了！你說的這個週期是【米蘭科維奇循環】，對吧？」

陳義：「沒錯！我終於搞懂了，幸虧有您這位冰芯專家。」

吳宏：「我還不懂啊！為何昇華與凝華在四萬年左右同時發生？這兩者之間到底有何關聯？」

陳義：「我認為這個四萬二千年的週期，應該稱為一個『地球年』才對。」

吳宏搖頭：「你越說我越糊塗了，一個地球年是四萬二千年？這如何計算？又從何算起？」

陳義：「自古以來，人類稱春、夏、秋、冬為四季，四個季節一次循環就是一年，是不是？」

吳宏：「這連小朋友都知道啊！」

陳義：「地球花了三百六十五又四分之一天的時間繞行太陽一圈，這段期間歷經了寒來暑往的溫度變化，就在最冷的冬天即將結束、春天就要來臨時，我們稱之為『過年』。」吳宏聽著，微微點頭。

陳義：「你想，如果地球的溫度具有固定的冷熱循環，我們是不是該稱這段期間為『地球年』呢？」

吳宏點頭：「應該是吧！」

陳義：「我認為，地球經過一次冷熱變化所需的時間，大約是人類的四萬二千年。」

吳宏搖頭：「那你必須先證明地球何時開始變熱、哪個時間變冷，不是嗎？」

陳義微笑：「站長，您已經證明過了。就像你發現的，每隔四萬年左右，冰芯內同時出現昇華與凝華的現象。這就表示，在這個時間點，暖化到了最後階段，冰層表面的水分子昇華成水蒸汽。而緊接在後的，就是大氣冷卻的起點，這時的水蒸汽就會凝華成冰啊！」

吳宏半信半疑：「這是真的嗎？沒想到……我竟糊里糊塗地證明了你所說的地球年。」

陳義點頭：「是真的。事實上，地球何時開始變熱，這不需要我們提出證明。沃斯托克湖的湖水已經說明了。」

吳宏：「那個冰下湖？它的湖水如何證明大氣何時變熱？」

陳義：「站長，您知道一份二〇三五年由本站研究員所寫的沃斯托克湖調查分析報告嗎？另外還有一份，由俄羅斯研究員所寫的英文版。」

吳宏：「那兩份報告我知道，我約在三年前拜讀過了。」

陳義：「這兩份報告的內容差不了多少。但是，對於水體形成時間這一點，雙方是大相逕庭。英文報告上寫著一萬三千年，而我們的研究員卻記載為二萬年。」

吳宏靦腆：「你說的這點，我看報告當時倒是沒有注意到。」「咦？那依你的判斷，哪一個時間才正確？」

陳義：「我目前無法斷定。但是，其中有一個必定是對的。」

吳宏皺眉：「陳義兄，這樣等於沒講嘛！這其中整整差了七千年。」

陳義：「按照【米蘭科維奇循環】的計算，目前自轉軸朝向 22.1 度進行中，大約經過了一萬三千年。」

吳宏：「一萬三千年？這不正吻合了沃斯托克湖的水體形成時間？」

陳義：「是啊！正好和俄羅斯研究員那份英文報告相符。」

吳宏：「咦？那就足以證明一萬三千年這個時間正確，不是嗎？」

陳義：「很有可能，但還缺乏其它的證據。」

吳宏：「兩萬年這項數據有其它的佐證嗎？」

陳義：「有啊！我剛剛說了：一個地球年約等於人類的四萬二千年。所以，兩萬年……大約是半個地球年。」

吳宏恍然大悟：「我懂了！你是說：地球已經暖化了兩萬年，是不是？」

陳義聽得發笑：「哈！哈！您終於懂了。當自轉軸的傾斜角度由 24.5 度朝 22.1 度進行時，這段期間就是兩萬一千年的暖化。從 22.1 度往 24.5 度移動時，這便是兩萬一千年的冷卻。兩者循環一次，就是一個地球年。」

吳宏點頭：「也就是說：沃斯托克湖的湖水在地球冷卻時會凝結成冰，在大氣暖化時冰會融化成水，對不對？」

陳義：「完全正確！」

吳宏：「難怪你會說這兩份報告的正確性難以分辨。可惜啊！最近發生的時間點在十萬到十二萬年之間，我的研究沒能解決這個難題。」

陳義：「由此可見這個現象不是每次都會發生。其實啊！我個人比較傾向一萬三千年這個數據。」

吳宏：「哦！怎麼說？」

陳義：「你想想，如果暖化真的進行了兩萬年，那麼，接下來就是兩萬年的冷卻，你認為人類可以適應那麼長的冷卻期嗎？」

吳宏思索片刻：「這應該不是問題吧！畢竟人類生活在地球上已經超過數十萬年了。」

陳義：「話雖如此，但現今的人們完全沒有這種體驗，甚至連想都沒想過。」

吳宏點頭：「如此說來，真到了下次的冷卻期，必定有很多人熬不過去啊！」

陳義：「現在的人類早已適應了這段期間的暖化，如果氣候驟然發生巨變，後果一定難以想像。」「對了！我前天比對這些年自轉軸的傾斜角度，發現了一個怪異的現象。」

吳宏一臉好奇：「怪現象？怎麼怪？」

陳義：「這兩年的傾斜速度，竟然增加了一倍以上！」

吳宏皺眉：「我又聽不明白了，可以說清楚些嗎？」

陳義走至桌邊，打開電腦：「來，我讓你看看數據，看過之後就明白了。」

兩人在電腦前坐下，陳義點出了畫面，眼前顯現兩行字——

一百年變化率為減少1分21秒。

一百年變化率為減少2分46秒。

陳義指向螢幕：「你看！上面是一百年來的平均變化率，下面是最近兩年的變化率，是不是增加了一倍以上！」

吳宏猛搖頭：「這太超乎常理了！是何種原因造成的？」

陳義：「我考慮過其中的因素。第一，全球暖化之後，北極圈、南極洲的冰層快速融解。另外，世界各地的冰川大量消融。這使得驚人的水量流入海洋，海平面大幅升高。尤其是赤道地區，因為它是地球表面最長的圓周距離，移動的速度也最快。相對來說，這裡升高的比例最大。如此一來，地球的質量分布就會有所改變。」

吳宏點頭：「嗯！上下兩端大量的冰層變成淡水，受到離心力的作用，大量的海水往赤道匯集。」

陳義：「如果海洋局的計算沒出錯，這一百年來，光北極圈暖化所產生的液態水，就足以讓全球的海平面上升十二米。你想，那赤道附近該聚集多少海水、那裡的海平面會上升多少？」

吳宏：「嗯！沒見過哪個機構公布這項數據，想必……至少上升三十米以上吧！」

陳義：「你再想想，再加上南北極的冰層大量消失，地球的質量分布會如何改變呢？」

吳宏點頭：「如此說來，大量的冰層融解、海平面大幅上升，應該就是地球自轉異常的原因吧！」「咦！是不是還有其它的因素啊？」

陳義：「第二，可能是地球內部出現了意想不到的變化。」

吳宏一臉狐疑：「這可能嗎？」

陳義：「這只是我個人的猜測，這些資訊我還很欠缺。回國後，還得找機會請教有關的地質專家。不知這些年，他們有沒有不尋常的發現。」

吳宏若有所思：「自轉發生異常的話……會對地球造成何種影響啊？」

陳義聽了，不自覺地點頭：「是啊！這是個值得深思的問題！是暖化會加速嗎？或是暖化會提前結束、下個冷卻階段將提前開始？」

吳宏聽了，閉眼沉思。陳義不想干擾吳宏的思緒，走出門口，進了洗手間。過了片刻，他回到房間。吳宏已不知去向，屋內空空如也。陳義納悶地走出房門，經過長廊，走往客廳。行走間，冰芯研究室傳來吳宏的聲音：「陳義！過來一下，看看這個！」陳義一聽，快步進到研究室。

吳宏坐在電腦前，看著畫面。中國氣象局網站的頁面開啟了，異常警報的歷史紀錄呈現眼前。只見螢幕上一列紅色字──南極洲上方電離層電漿濃度異常升高，超過正常值 60%，當地可能發生地震，相關人員請留意。

陳義點點頭：「這是氣象局發佈的電離層異常警報。嗯！我以前在太空站，從沒見過哪個地方的電離層濃度如此升高。」

吳宏：「這警報是二十天前發佈的，我剛剛突然想到。」

陳義：「由此看來，我們幾個人在沃斯托克湖遇上的地震，應該和這項訊息有關。」

吳宏搖頭：「這說起來這都要怪我，竟然忘了要提醒你們，後來發生了 5.5 級地震，差點造成無法彌補的禍事。」

陳義微笑：「還好你沒說，否則我們可能難以成行，也不會發現湖底的秘密了。」

吳宏：「不曉得這兩件事之間有沒有關聯？」

陳義詫異：「地震和電離層之間原本就有高度的關聯，不是嗎？」

吳宏搖頭：「我不是說地震和電離層之間，我是指地震和地球的自轉異常。」

陳義一臉驚奇：「這可能嗎？你是說自轉異常造成那場地震？」

吳宏：「這並非不可能，從另一個角度想，是不是地球內部的變化，造成了自轉異常，進而引發地震，這也不可得知啊！」

陳義點頭：「是啊！這兩者之間，到底哪個是原因、何者是結果……唉！這真是讓人傷透了腦筋。」

吳宏：「我建議你回北京後，最好找時間跑一趟地質地震調查局。」

陳義：「我正有此意，只是不知該找哪位專家指點迷津。」
吳宏：「現任的地質地震調查局局長叫何自立，他跟我都是北大畢業的，你可以去找他。」
陳義好奇：「哦！你們大學時期就認識了？」
吳宏點頭：「我們在二年級時一起加入學校的易經研究社，他後來還當上了社長！」
陳義訝異：「是嗎！沒想到您和這位何局長都是鑽研易經的專家啊！」
吳宏搖頭：「他才是專家。我只是玩家，好奇心而已。我三年級就沒進社團了。」
陳義：「這是為何？易經不是挺有玄機的嗎？」
吳宏大笑：「哈！哈！真是有玄機。那時候社團偶而會邀請學者講解經中的含意，或是卦爻之象、凶吉之兆等等。我常常聽到一半就不知不覺地閉上眼睛，直接找周文王聊天去，哈哈！」
陳義聽了，不禁莞爾：「聽站長您這麼說，那位何局長能當上這個研究社的社長，想必真的對易經相當有興趣。」
吳宏點頭：「是啊！如果無法發覺其中的奧秘，就會漸漸感到無趣，然後默默地離開，像我一樣。」「對了！你們打算何時回上海？我這兩天通知那位何局長，讓他知道你遇上的難題。」
陳義：「看看天氣和海象吧！如果都沒有問題，預計三天後啟程。」
吳宏：「別說三天了，未來半個月的氣象都沒問題，我看過了。」
陳義狐疑：「半個月都沒問題？聽您這麼一說，我想起了一件事。我在南極這一個多月來，不但白天、晚上的天色一樣亮，甚至連每天的天氣都沒變，這真的沒問題嗎？」

吳宏：「我老實告訴你，如果在十年前，這就是有問題。」

陳義：「這是為何？」

吳宏：「我查過資料了。南極地區在二〇四〇年以前，每年一月份內陸的平均降水量為十到二十毫米。今年別說一月份了，撇開其它的科考站不談，從我去年到站以來，至今沒見過任何型態的降水。」

陳義搖頭：「這真的很不尋常！」

吳宏：「是啊！搞不好今年都看不到下雪的情景了。我看了未來一個月的氣象預報，竟然每天都是好天氣！」

陳義聽了，轉頭看向窗外，望著晴光朗朗的冰天雪地。忽然間，他想起了某件事：「站長，有件事請你們務必留意，就是沃斯托克湖的升溫狀況。我想，那個洞穴的火山熱泉一定會繼續影響湖水的溫度，接下來……唉，不知今後會如何發展啊！」

二氣交感，化生萬物

半個月後，一天傍晚，陳永達放學回到家。他開了門鎖，進到客廳，走向樓梯，準備上樓。

李小芬走出廚房，一臉高興：「永達，你爸爸快回家了，沒想到吧！」

陳永達一臉訝異：「真的嗎？那我今年到美國看大聯盟的計畫不就泡湯了！」

李小芬點頭：「是真的！他剛剛告訴我，雪龍三號回到上海了，沒有耽擱的話，明天下午就到家了。」

陳永達失望：「喔！我還猜他這趟到南極，至少會去半年，最起碼也要待上四個月。」

李小芬：「沒有人猜得到吧！竟然不到三個月就回北京了。」

陳永達：「我看，老爸這次到南極，一定有了不尋常的發現。」

李小芬詫異：「是嗎？怎麼說？」

陳永達：「依他的個性，如果沒有找到他要的東西，不可能提早離開。」

李小芬：「哦！沒想到我們公子這麼了解自己的爸爸啊！」

陳永達：「還好吧！他不是常說：『凡事都別急，更重要的是，別急著放棄，堅持下去才有好成績。』」

李小芬：「你連說這話的口氣都學得一模一樣。」

陳永達：「老爸這次從南極回來，不知道能在北京待多久。」

李小芬點頭：「是啊！不曉得會不會一到家又說：我準備調到哪個部門、幹甚麼大事去了！」

陳永達：「媽，你沒問他會在北京待多久嗎？」

李小芬淡淡地：「你自己明天可以問啊！不過啊，聽聽就好啦！別當真。」

陳永達：「是啊！他每次說會在北京待多久，最後好像都不是那樣。」

李小芬靈機一動：「要不要再來猜猜看，猜他這次會在北京待多久？」

陳永達想了一下：「我猜……這次回來之後，至少待三年。」

李小芬皺眉：「至少三年？那最多待幾年？你會不會太一廂情願了。」

陳永達篤定：「最多就是一直待著！直到退休為止。」

李小芬：「那好！別說太遠了，如果他這次能在北京待三年，那我們還是趁暑假到美國看大聯盟，怎麼樣？」

陳永達皺眉：「他在北京待滿三年才能出國看比賽啊！那我這三年還是只能看電視轉播嗎？」

李小芬恍然：「是啊！這樣的話……還要等上三年才知道結果，有點久了。要不然，你說看看！怎麼知道你有沒有猜中？」

陳永達看向牆上的時間——二〇五一年三月八日 18:50，思索了片刻：「要不然……這樣好了！明天老爸回來，讓他自己親口說。如果他說會待在北京三年，或是超過三年，就算我猜對了，怎麼樣？」

李小芬點頭：「好！就這麼決定了！」

୨ ୨ ୨ ୨ ୨ ୨

隔天下午六點整，陳義果然回到了北京。他拉著行李箱，來到家門口，按了門柱上的對講機。屋裡的鈴聲一直響，過了三分鐘，卻沒人來開門。對講機也無人回話。陳義站在門前，暗自納悶：「早上明明和老婆說了！會回家裡吃晚飯的，現在家裡竟然沒人？」他嘆了一口氣，將行李放平，掀開蓋子，準備找出三個月前隨手擺進去的鑰匙。他東翻西找，不停回想：「這鑰匙到底擺到哪兒了？」思索間，大門突然打開了！陳義一看，眼前無人。他楞了一下，收妥行李，進到屋子。客廳裡也沒人。陳義拉著箱子，進到廚房。只見美食佳餚鋪在桌面；三副碗筷擺在桌邊。納悶間，母子二人從冰箱後方轉了出來。

李小芬迎上前，一臉笑意：「老公，這算不算是驚喜啊！」

陳義又驚又喜：「看妳高興的！我先說了，這趟出門可沒有紀念品啊！」

李小芬：「平安回來就好！準備開飯了。永達！幫你老爸提行李到樓上。」

陳義丟了箱子，坐上餐椅：「永達，行李先放著，食物要趁熱吃，尤其是好吃的食物。」

陳永達走到水槽前，洗著手：「老爸，你們在南極是不是常吃冰冷的食物？」

陳義：「不會啊！為何吃冰冷的食物？」

陳永達：「南極那麼冷，飯菜一上桌，不是很快就冷了嗎？」

陳義大笑：「哈！哈！南極的科學考察站都有空調，你以為去那兒露營啊！」

李小芬一邊盛飯、一邊問：「有空調？你們都設定幾度？」

陳義：「都設在攝氏十五度。」

李小芬：「十五度？那不是會用掉很多電力嗎？」

陳永達：「我聽學校老師說：『南極一月份的平均溫度是攝氏零下二十五度耶！』」

陳義：「哎呀！電力在南極根本不是問題！那兒的太陽能發電足夠維持所有人的生活所需。」

陳永達：「老師還說南極的陽光非常強。」

陳義點頭：「是啊！基本上，人到了戶外，不論你是不是直接曬到太陽，都要戴上墨鏡。」

李小芬不解：「沒曬到太陽也要戴上墨鏡？這是為何啊？」

陳永達：「這我知道。因為南極到處都是冰，一眼望去盡是冰天雪地。太陽照射冰雪後會反射光線，所以都要戴上墨鏡，避免眼睛被陽光傷害。」

陳義點頭：「沒錯，眼睛被太陽傷害。不過，這有個專有名詞，叫做『雪盲症』。眼睛受傷後會嚴重影響視力。」

李小芬吃驚：「天啊！這麼可怕！沒戴上墨鏡跑到屋外就變瞎了？」

陳義：「沒那麼可怕。這是因為視網膜長時間受到紫外線的刺激，引起暫時性的失明。這就像皮膚過度曝露在陽光下一樣，如果沒有做防曬保護，時間久了，就會造成表皮傷害。」

陳永達：「大家整天戴著墨鏡走來走去，那一定很酷。」

陳義微笑：「不只酷！南極從早到晚天都亮著，寒風吹個不停，那叫做『又冷又酷』！」

陳永達一聽，眼睛一亮：「老爸，你這次從南極回來，會在北京待多久？」

陳義搖頭：「這還不清楚，還要看，看接下來的任務。」

李小芬不解：「接下來的任務？你人都回北京了，還不知道自己接著要做甚麼？」

陳義：「是啊！我連自己現在屬於哪個單位都不確定了。」

李小芬皺眉：「不是說調到海洋局的極地研究中心嗎？究竟怎麼一回事啊？」

陳義：「是啊！我原來是申請調海洋局，但是參謀長昨天告訴我：『派往極地研究中心是臨時性的任務指派，你仍是航天科技集團的正規人員。』他叫我回來後先到管制中心，聽候派遣。」

李小芬轉頭看陳永達：「所以……現在還是狀況不明囉！」

陳永達聽了，一臉無奈。

陳義點頭：「嗯！目前的任務還是不明。依我看，這陣子應該都待在北京。」

陳永達脫口而出：「會在北京會待多久？」

陳義：「三年、五年都有可能，搞不好直接退休了。」

李小芬驚奇地看向陳永達：「猜中了！真讓你猜中了！」

陳義一臉好奇：「永達猜中啥？」

李小芬：「他昨天猜了。他猜你回家後會說：以後三年都待在北京。還有，你可能在北京待到退休。」

陳義訝異：「怎麼可能這麼準！陳永達，你何時變得這麼聰明？」

陳永達：「你自己以前說過了，只是你不記得了。昨天下午，媽說來猜猜看，我就突然想到了。幾年前，你曾說：『這次會在北京待個三五年吧！』」

陳義一愣：「好像有這麼說過……很久以前吧？」

陳永達：「第一次從太空站回來時說的。」

李小芬：「對啦！四年前從太空站回家時說過了。」

陳義搔後腦：「你們都記得那麼清楚?奇怪，我自己沒啥印象。」

李小芬搖頭：「這種事你多半說說而已，根本記不住。」

陳義一臉尷尬：「真的嗎?永達，猜中有啥獎品啊？」

陳永達沒回答，看著自己的媽媽。李小芬：「你兒子想到美國看大聯盟比賽。」

陳義：「那很好啊！我只看過台灣的職棒呢！和你爺爺奶奶一起去的，好久以前的事了。那時候，你都還沒出生呢！咦？打算何時去啊？」

陳永達：「今年暑假去。」

陳義：「對了，我是太空人隊的，這你知道吧！」

陳永達一臉淡然：「這件事情很多人都知道。」

李小芬：「永達，你自己要趁著這幾個月，好好地提升英語會話實力啊！到了美國，就讓你當領隊。我們在那兒出門坐車、點菜用餐、遊覽參觀都看你的！」

陳永達一聽，趕緊岔開話題：「老爸，你這次到南極，是不是發現了甚麼才提前回來？」

陳義點頭：「是啊！我們真的發現了一些不尋常的事情。」

李小芬一臉好奇：「甚麼事情不尋常啊？」

陳義：「這些事和溫室效應之間有直接的關係。」

李小芬：「真的嗎？到底是甚麼？」

陳義搖頭：「現在還不能說出去，以後再說給你們聽。」

李小芬沉下臉：「我知道了！反正就是很敏感的事。」

陳義：「是啊！後天我還要去一趟地質地震調查局，和地質專家談談。」

兩天後，陳義與地質地震調查局局長何自立約定：隔天下午三點整在北京世界動物園對面的大草原咖啡店碰面。李小芬知道陳義要去赴約，不想自個兒待在家裡，說要結伴同去。

「我們早上先到動物園，在園區裡走走逛逛，吃過午餐後，再到咖啡店赴約。」李小芬說得興沖沖地。陳義先是感到為難，又看妻子興致高昂，考慮之後，還是答應了。

這天清晨，一家人吃過早餐，陳永達搭上巴士上學了。夫妻二人搭著軌道電車，來到了動物園站。電車停在候車亭，兩人下了車，走向大門。到了門口，完成識別，夫妻進到園區，沿著參觀路線，一路走往靈長動物區。

走到一半，陳義有感而發：「老婆！上次我們來動物園是多久前的事了？你還記不記得？」

李小芬：「當然！那時候我懷孕不久，永達都還沒出生哩！」

陳義：「我想起來了。妳當時小腹微凸，我們還先去做了產前檢查。」

李小芬：「那時候你還說：『等這胎生完，過個兩年，還要生一胎，最好是女的。』你記不記得？」

陳義長嘆：「是啊！原本是這樣打算。誰知道，後來沒消沒息了。」

李小芬：「有個兒子就不錯了，很多夫妻還生不出來呢！該來的就會來，該有的就是你的，能生幾個都是註定的。」

夫妻說著，來到大猩猩區，站在玻璃帷幕前，看著魁梧的公猩猩。不遠處，一頭母猩猩四腳著地走了過來，一隻出生不久的小猩猩緊抱著母猩猩。猩猩母子停在夫妻眼前，小猩猩睜著又黑又圓的雙眼好奇地偷看他們。公猩猩見狀衝了過來，停在玻璃對面，朝著二人咆哮。猩猩母子趕緊離開，往牆邊的水池去了。

李小芬看著母猩猩的背影，喃喃自語：「不曉得母猩猩能不能決定生幾隻小猩猩？」

陳義：「當然不行！猩猩和人類不一樣，牠們無法自己決定。」

李小芬故作不悅：「為何不行？你又不是猩猩！你怎麼知道？」

陳義：「母猩猩懷孕之前必須先進入發情期，發情的母猩猩才能吸引公猩猩前來交配，然後懷孕，接著生下小猩猩。」

李小芬：「我知道猩猩有發情期。我想知道的是，為甚麼母猩猩無法控制自己的發情期？」

陳義：「如果母猩猩可以隨心所欲地發情，應該會演化成非凡的猩猩吧！」

李小芬驚訝：「非凡的猩猩！和人類一樣嗎？」

陳義搖頭：「不知道！至少和現在的猩猩不一樣。」

李小芬：「那就是介於猩猩和人類之間的生物吧！」

陳義：「這動物會超越人類喔！人類還不能控制自己的發情期。」

李小芬不以為然：「人類哪有發情期！你何時看過哪個女性發情。」

陳義低聲：「小聲點！女人會發情好不好，只是女人自己沒發現。」

李小芬：「那不能算是發情，只是想引起某個男人的注意而已。」

陳義思索片刻：「成熟的女人每個月都有幾天的排卵期，那就是發情期。」

李小芬沒好氣：「是嗎？如果我都不說，你知道我哪些天排卵嗎？」

陳義搖頭：「妳不說我哪知道！不過，應該還有少數的男人能察覺吧？」

李小芬斜眼看陳義：「你們男人能察覺才怪！我告訴你：這頭公猩猩真有這種能力，牠知道附近的母猩猩是否在發情。而你們這些男人啊！根本就沒有這個能力！」

陳義長嘆：「唉！妳說的沒錯，男人真失去了察覺雌性發情的能力了。」

兩個人走走停停，悠閒地逛著，不時聊起十五年前看到的情景。離開了靈長動物區，他們參觀了非洲動物區、熱帶雨林區。走了三個小時，夫妻進到遊客中心用餐。飯後，兩人進入鳥園，走了一圈。離開鳥園後，他們來到水族世界，觀賞體型巨大的鱘鰉魚。走出水族館，夫妻來到大草原咖啡店。進入店內，陳義走到角落，找個安靜的位置，坐了下來。李小芬點了兩人都愛喝的摩卡咖啡。陳義邊喝咖啡，邊留意進店的顧客。不久後，他瞧見了印象中的人。此人的外觀、長相如同吳宏的描述：「他理平頭不留鬍鬚，眉毛不長也不細，目光看來有自信，出門穿著灰夾克，體格如同一般人，高度大約一米七。」

陳義站了起來，朝著門口招手。何自立看見了陳義，揮揮手，走過來。陳義離開座位，趨前伸出右手。兩人握手互道久仰，一起來到座位。李小芬也幫何自立點了同樣的咖啡。陳義先與何自立談論太空站的種種，接著談到了吳宏。

何自立：「我聽吳宏提起了。陳義先生，你們這次在南極獲得相當了不起的研究成果。」

陳義：「不敢稱說了不起。只是，有些問題我真的沒法了解，需要仰仗局長您的專業能力。」

何自立微笑：「喔！放心，我知無不言，言無不盡。」

陳義：「我們在南極時遇上了瓶頸，我和吳宏都想不透，想請您指點迷津。」

何自立點頭：「吳宏也提了。你發現地球自轉發生異常，卻不明白其中的原因，對吧？」

陳義：「正是如此！我們在冰下湖進行探測時，電離層的電漿濃度出現了大幅上升的情況，後來發生了 5.5 級的地震。我們無法斷定，當時那場地震，究竟是地球內部的活動所造成，還是自轉軸異常所影響。」

何自立：「有一點我必須先說明：電離層電漿的濃度變化，和地震之間沒有絕對的關係。」

陳義一臉狐疑：「是嗎？我一直以為兩者間有直接的關係，沒有嗎？」

何自立搖頭：「電漿濃度的變化，主要是受到了地殼的影響。它的變化也不是只有上升而已，有時也有下降的情形。」

陳義點頭：「原來如此！那麼……那場地震的原因究竟為何？」

何自立：「地震的主要因素，還是地殼變動所引起的。至於你發現的，地球自轉異常這一點。其實，我們地質地震局近來也獲得了與此有關的數據。」

陳義睜大雙眼：「貴局也得到了相關的資訊！可以說詳細些嗎？」

何自立：「這些資料在這兒不好說，也說不清楚，有機會的話到我們局裡，我讓你看看。看了之後，你就會了解其中的關聯性。」

陳義興沖沖地：「我真有點等不及了！」

何自立：「這個別急。倒是說到了地球的傾斜角度……」

李小芬脫口而出：「這點我略有所知。一年之所以分成四季，就是地球傾斜自轉的關係。」

陳義：「不過呢！溫帶地區一年才有四季，春生夏長、秋收冬藏。赤道地區則分成旱季、雨季，而極地只有晝季、夜季。」

何自立：「沒想到夫人對地球科學也有研究，真是難得。」

李小芬靦腆：「哪有研究，看過電視而已。」

陳義：「地球自轉的角度之所以有點傾斜，主要是受到了月球的牽引作用。這就好像打陀螺一樣。一個強力旋轉的陀螺，應該是以接近直立的角度旋轉。如果有個力量在旁邊不斷地吸引著，它就會像地球一般，有時偏正，時而傾斜。」

何自立：「月球不會自轉，卻影響地球的自轉。太陽不只自己轉，還使得地球公轉。」

陳義：「是啊！太陽對地球的影響最為重大。」

何自立搖頭：「這種說法失之偏頗啊！」

陳義皺眉：「是嗎！何以偏頗？」

何自立：「日與月對地球而言同等重要。人們總以為：太陽提供熱量使得植物生長，動物經由植物獲取熱量，生物死後肉體回歸自然。所以，一旦失去了太陽，地球上的物種都活不了。也有科學家擔心：如果哪一天，一顆流星撞擊了地球，大部份的生物都會滅絕。其實啊！他們都沒料到，真正該擔心的是：哪天月球遭到巨大的流星撞擊，那個時候，地球的生物真的會滅絕，而且整個環境都無法復原。」

陳義一愣：「局長這番話，實在令人難以置信，仔細想想，卻好像有些道理。」

何自立：「如果有那麼一天，地球被月球四分之一大小的流星撞擊。我估計，最壞的情況是：百分之九十的生物將在一千年之內滅絕。然而，在一萬年之後，地球的環境便會開始復原；十萬年後可以恢復得像現在這樣，適合各種動物生存的狀態。但是，要是同樣大小的流星撞擊了月球，我敢斷言：地球的動物將在一千年內消失百分之五十；到了一萬年之後，除了少數可進行無性生殖、孤雌生殖的生物外，物種幾乎消失；十萬年之後，連大部份的植物都無法在地球上生存。」

夫妻聽了，露出難以置信的表情。

何自立看得發笑：「呵！呵！兩位大概認為我的說法誇大不實，甚至是危言聳聽。事實上，太陽提供生長的能量，月球控制物種的演化，二者與生命的關係非比尋常。現今的生物以兩性交配的方式來繁衍後代，正是月球所影響。由於月球的作用細微緩慢，所以地球上的物種渾然不察。」

李小芬：「這點我略有所知。大部份的雌性哺乳動物都有固定的月經週期，所以稱為『月事』。」

何自立：「雌性哺乳動物的子宮如同天上的月亮，都有陰、晴、圓、缺的變化循環。但是，只有人類的月事與生育有直接的關係。」

陳義點頭：「嗯！成熟的女人每個月都會排卵，這幾天都能懷孕。除了齧齒類動物之外，一般的雌性哺乳動物大概一年才有一次發情期，這段期間才有機會受孕。」

何自立：「這正是人類獨特的地方。人原本和其他的哺乳動物一樣，都有一對負責生殖行為的腦神經。這對神經促使發情荷爾蒙分泌，被稱為『終末神經』。自從女人每個月定期排卵之後，這對腦神經就萎縮了，變得微不可見。」

李小芬看向陳義：「難怪啊！我們早上還在奇怪呢！為何男人沒有察覺女人發情的能力了。」

陳義點頭：「是啊！一般的動物想要繁衍後代，延續自己的基因，確實需要這對與發情有關的終末神經。」

何自立：「月球不僅影響女人的子宮和排卵而已，連孕婦的妊娠和月球也有關係。」

李小芬詫異：「您是說：胎兒的發育嗎？」

何自立點頭：「正是！女人受了月亮的影響，每個月排卵一次。倘使這顆卵沒有受孕，子宮便會代謝，將過度成熟的組織排出體外，這就是所謂的『月事』。如果卵受精了，便會形成胚胎。胚胎在子宮著床，接著長出胎盤。胚胎經由胎盤吸收母體的養分，慢慢成長，等待時間。當月球繞行十圈，子宮的羊水破裂，嬰兒通過產道，離開母體，降臨地面。」

乾道成男，坤道成女

夫妻專心聽著，頻頻點頭。

何自立喝了一口咖啡：「女人定期排卵之後，男人的求偶行為跟著改變。不必為了爭奪交配權，打得你死我活了。」

陳義點頭：「如此一來，男人根本不知道哪個女人正在發情。」

李小芬：「很多雄性動物會殺害無血緣關係的幼獸，藉此促使失去後代的母獸發情，然後和雌性交配，達到繁衍的目的。」

何自立：「人類以一男一女的方式組成家庭，繁衍後代，最符合自然的法則。一夫多妻、一妻多夫都會造成分配不均，族群的數量也無法擴大。」

陳義：「按照局長的說法，人類性別的比例，應該是一比一。」

何自立：「性別的分配原本就是如此。女性的卵子假使在白天受精，這個胚胎就會形成雄性。如果受精發生在夜晚，便會發展成雌性。」

夫妻一聽，睜大眼睛，呆看對方。

何自立：「但是，如果月球發生了異常的狀況，比如我剛才所說：『遭到了巨大流星撞擊』，這件事要是真的發生了，嬰兒的性別就會出現重大的改變。」

李小芬訝異：「會全部變成男人？還是全部都女人？」

何自立：「初期還是百分之五十的男性，另外百分之五十就難說了。外觀看來可能像女人，但會漸漸地喪失原本的生殖功能。」

陳義瞪大雙眼：「如此一來……人類不就滅絕了？」

何自立：「不只是人類而已。我剛剛說了，物種之所以採取有性生殖的方式來繁衍後代，這全拜月亮所賜。」

李小芬：「難怪人們總說月亮代表女性，應該是這個道理。」

陳義：「這不太一樣吧！對了！何局長，你剛才說：『一旦月球遭到了流星撞擊，地球便會發生物種滅絕的情況。』難道月球如此不堪一擊？」

何自立：「地球之所以能自轉，是內部蘊藏著強大的動能。然而月球本身幾乎沒有動能，所以無法自轉。她與地球互相吸引，時遠時近，始終以同一面對著我們，慢慢地繞圈圈。如果有一天，一顆巨大的隕石重擊了月球，她可能脫離目前的軌道，或是改變繞行的速度。」

陳義聽得搖頭：「如此一來，地球的氣候、環境必定遭到巨大的衝擊。」

何自立：「那就如我所說：一千年內動物消失百分之五十，到了十萬年之後，連大部份的植物都難以生存。」

形既生矣，神發知矣

李小芬轉頭看向窗外，只見天色暗了下來。她從口袋取出電話，按了陳永達的號碼。她吩咐兒子自己出門到街口的餐廳用餐，飯後直接回家，不要跑到同學家。收妥電話，她拿起桌邊的小平板，準備點選三人的晚餐。何自立見狀，向兩人推薦了排餐。李小芬點了三份牛排，放回平板。

陳義：「沒想到和局長一番暢談，不知不覺天已經黑了。」

李小芬：「還好我有跟著來，今天真是來對了，果然受益匪淺。」

何自立：「我也沒料到，今天和兩位頭一回碰面，就聊得如此盡興。」

李小芬：「我們也是頭一回聽到這些道理。沒想到月球和我們人類的關係如此密切。」

何自立：「今天人類在地球上如此昌盛，除了月球的影響之外，最重要的一點，其實是我們的外形。」

陳義納悶：「人類的外形？人猿不是和猩猩一樣嗎？」

何自立：「雖然人猿的外型和猩猩幾乎相同，但猩猩過了數十萬年，也無法演變成跟人類相似的物種。」

李小芬：「但我聽說：『猩猩和人類擁有幾乎相同的基因』，不是嗎？」

何自立：「地球上的哺乳動物皆來自同一個物種，基因自然大同小異。」

陳義不解：「猩猩也有相當高的智商和學習能力啊！如果演化的時間夠久，應該有機會和人類一樣，變成高度智慧的生物吧！」

何自立搖頭：「如果人類繼續在地球上生存，猩猩完全沒有這個機會。」

陳義：「難道人類是猩猩的天敵？」
何自立：「人是萬物的天敵，所有生物的生存數量都受到人類的控制。」
李小芬：「人類只會危害其他的動物，不會允許其他的生物來分配這個空間，我說的對不對？」
何自立點頭：「夫人說的對！人類不但不容許其他的物種一起分配，也不願意和不同膚色、不同種族、不同族群的人類一起分享擁有的資源。」
陳義有同感：「別說太遠了！很多人為了一些很小很小、微不足道的蠅頭小利，和自己的親戚朋友、街坊鄰居互相爭奪到令人難以置信的地步。」
何自立：「所以說，人類還是自己的天敵。只要人類持續活在地球上，其他的生物沒有高度發展的機會。」
李小芬不解：「這是為何啊？因為人類自私嗎？」
何自立：「人類自私嗎？所有的物種都是自私的啊！生物為了自己的生存，只能竭盡全力爭取最大的發展空間，不是嗎？」
陳義點頭：「局長說的沒錯！這不能說是自私，這是演化的基礎，都是為了在地球上生存、壯大。」
李小芬：「那我們人類真是得了大幸。老天爺給了我們具有高度智慧的腦袋，讓我們在地球上獨霸。」

何自立：「其實，上天一開始並沒有給我們聰明的腦袋，只給了我們和猩猩差不多大小的頭腦。由大腦負責靜態的思考，讓小腦來活動四肢軀體，並在臉上有規則地分布了眼、舌、耳、口、鼻五個感覺器官。最重要的是，牠給了我們相似又相反、左右相對稱的大腦和身體。另外，體內長著相輔相成、互為表裡的五臟六腑；雙手、雙腳各長出十隻可靈活運用的手腳指。就是這種得天獨厚的體形，人類得以發展出高度複雜的大腦。」

惟人也，得其秀而最靈

天色暗了下來，路燈一盞接著一盞發亮。李小芬覺得有點冷，將外衣前排的扣子扣上。

陳義：「天黑了，溫度下降也快了。」

何自立看了李小芬一眼：「其實，人類和猩猩最大的區別就在於：人類穿上了衣服。」

李小芬抿嘴笑：「呵！呵！我們鄰居養了一條博美狗，牠天氣冷時也會穿上衣服。」

何自立大笑：「哈！哈！這個完全不一樣！人類自己穿衣服，寵物是被人給穿上的。」

李小芬一臉困惑：「會穿衣服就能發展大腦？這令人想不透耶！局長！」

何自立點頭：「人類穿衣服的歷史，正是稱霸地球的過程啊！」

陳義嘀咕：「人猿穿上了衣服，腦袋就變聰明了？」

何自立：「人猿和猩猩除了外觀相似之外，還擁有幾乎相同的基因。然而，兩者卻演變成不同的物種。主要的原因就在於：人猿穿上了衣服這種東西。」

李小芬聽了，不自覺地低頭看。

陳義微笑：「老婆！別看了，這衣服穿著很適合妳。」

李小芬淡淡地：「當然啊！我又不是猩猩。」

何自立輕笑：「呵呵！人猿穿的服裝，當然不像夫人這般，穿得好看又舒適。」

李小芬：「他們應該穿皮毛吧？」

何自立：「人猿最初穿的是獸類的外皮，後來發展出各式各樣的材質、不同種類的紡織品做為服裝。」

陳義點頭：「之後服裝逐漸成為身分、地位、族群的象徵。」

何自立：「地球所有的生物之中，人類是最怕冷的。但人猿發現自己穿上了獸皮，便不再畏懼寒冷的天氣，同時多了一層保護皮膚的外衣，於是離開原本的居住地，到世界各地擴展自己的生存領域。」

陳義點頭：「難怪人類的足跡遍佈全球。」

何自立：「擴散到各地的人們，穿上隨處取得的外衣，建立各自的族群。一段時間之後，族群中握有權力的人，開始設法區分自己與他人的不同。從這個時間起，人穿著不同的服裝，代表各自的身分、地位。當然，地位較低的人會努力提升自己的地位。還有，如果有人不甘於現況，也會絞盡腦汁地爭取更好的待遇。在這個階段中，人不斷地運用自己的頭腦，盡力爭取想要的東西。同樣的道理，穿著不同服裝的族群會全力爭奪最有利的生存環境。於是族群之間出現了互相殘殺的行為，這就是所謂的『戰爭』。」

李小芬：「咦！穿衣服是發生戰爭的原因？」

陳義：「戰爭是不同的族群間互相爭奪利益造成的，和穿衣服扯不上關係吧？」

何自立：「也不是完全沒有關係。畢竟穿衣服是人類特有的行為。」

陳義自言自語：「人類真靠穿衣服穿出了智慧？」

何自立聽得發笑：「哈！穿出了智慧，這話講得真貼切！」

夫妻聽了，面面相覷，不發一語。

何自立喝了一口水：「最初時，人猿和猩猩一樣，可以挺起身子，用腳站立。但在奔跑活動時，還是得四腳著地。後來發現了獸皮的好處，它不只可以維持體溫，也能保護皮膚。最後，人猿為了能好好地穿上衣服，逼不得已，只能想盡一切辦法，直起身體，雙腳站立。」

李小芬狐疑：「咦？四腳著地的話，也可以穿啊！只是……比較不方便而已啦！」

何自立：「四腳著地穿衣服當然不方便。況且，人猿起初穿的是獸衣。一大塊的獸皮，四腳著地要怎麼穿呢？」

陳義搖頭：「那沒法穿在身上，最好的方式只能綁著。但是，綁也綁不好，稍微活動一下就掉地上了。」

何自立：「人猿原本只在睡覺或坐著時綁上獸皮。後來為了能無時無刻穿上外衣，無論是爬到樹上躲避猛獸，或是採集食物、追逐獵物，為了好好地穿著獸皮，只能想盡一切辦法讓自己站立的時間變得更長。久而久之，經過漫長的世代交替，終於演變成現在這樣，穿著衣服活動自如的人類。」

李小芬點頭：「是啊！如果人類繼續四腳著地，不論是身後背著小孩，或是胸前抱個嬰兒，都沒法穿衣服了。」

陳義：「人類最後會站起來，果真是為了好好地穿上衣服，然後騰出雙手，做自己想做的事情。」

何自立：「從四隻腳在地上爬，到站起來獨立行走，要完成這個過程其實不容易。人的幼兒接近足歲時，才有足夠的力量撐起自己的身體，學習平衡，雙腳站立。之後還得經過一段時間的練習，才有行走的能力。」

李小芬：「小孩子剛學走路時，就算一直跌倒，還是會不斷地站起來，繼續走下去。」

何自立：「這是無法回頭的演化之路。人類穿上衣服之後，生活的型態都改變了！不再四腳著地，變成直立行走；不僅能爬樹摘採水果，甚至以工具捕捉野獸。慢慢地，人的頭腦變聰明了。接下來，人走出了洞穴，建造庇護之所。生活穩定之後，人的壽命增加了。不僅如此，如我之前所說，女人受了月球的影響，發情期逐漸縮短，變成定期排卵。漸漸地，男人察覺女人變了。為了延續自己的基因，男人只好守在女人身邊，最終成為一夫一妻的生活方式。」「還有！人類穿上衣服之後，不再需要濃密的體毛來保持體溫了。這麼一來，便有了更多的養分來到這裡。」何自立邊說邊指著自己的額頭。

五性感動，而善惡分，萬事出矣

這時候，服務員托著盤子走來，將牛排擺上餐桌。

何自立：「這家店的牛排一向好吃，兩位試試。」

陳義手握刀叉，切開肉塊，大口咬下，嚼了起來：「嗯！真的好吃，這個牛排不只軟硬適中，連醬汁都獨有風味。」

李小芬邊咀嚼邊點頭：「真的耶！沒想到這家咖啡店的排餐居然這麼好吃。」

三人吃完了晚餐，李小芬按鈴通知服務員將桌面清理乾淨。

何自立：「這裡的奶茶也很香，好喝的很，兩位也試試。」

陳義點頭：「既然局長推薦了，一定要嚐嚐。」

李小芬又拿起桌邊的平板：「局長對美食相當注重啊！」

何自立：「子曰：『食、色性也』。」

李小芬一愣：「沒想到局長除了重視美食，還留意美女啊！」

何自立微笑：「呵！呵！別誤會了。食、色性也這個『食』字，指的是吃沒錯。但是，這個『色』字，並不是男女間的情色之事。」

陳義摸著下巴：「『色』指的不是『情與色』？那『性』這個字，還是代表『兩性』之事吧？」

何自立搖頭：「所謂的『性』，指的是追求外在，滿足慾望的本性。」

對談之際，服務生端來了飲料，一一擺在桌上。

何自立喝了口奶茶：「人類對外在事物的喜好有五種，稱之為『五性』。食、色只是其中兩個，性卻不在其中，因為性是本能，不是本性。」

李小芬：「這五性到底是哪五個？」

何自立：「除了食、色之外，還有音、味、語。這五性正是人類與生俱來的五種慾望。所謂的食，指的當然就是吃，人用舌頭來品嘗食物的美味。食有五味，分別是辛、酸、甘、苦、鹹，這全經由舌頭來品嘗；色代表五色，青、紅、黃、白、黑，正是眼睛所看到的顏色；音共有五種，角、徵、宮、商、羽，就是耳朵可聽到的聲音；至於味，則是鼻子所聞到的各種氣味，也就是人的嗅覺。人在咀嚼時，大腦會將食物的氣與味相互整合，讓食物更有味道，以此促進食慾，增加熱量的吸收。人類可以辨識的氣味相當豐富，但與其他的哺乳動物相比，算是糟糕的！連異性的生理反應都聞不出來。最後的語啊！像我們現在坐在這裡，一下子說天地，一會兒談自己，就是用言語來表達自己的思緒，達到與他人溝通的目的。」

陳義：「嗯！想必人類的智慧發展，和這五性之間有很大的關連。」

何自立點頭：「是啊！嬰兒一出生就大哭，為的是引起旁人的注意；還不會說話的幼兒以咿嗚啊呀的聲音表達自己的情緒；兒童將物品擺進嘴裡舔，藉此啟發舌頭的味覺；小孩喜歡敲擊硬物，製造聲響來刺激耳朵的聽覺。這些行為都源自於對五性的渴望。」

李小芬：「原來如此！沒想到人類一出生就開始追求慾望了。」

何自立：「人為了五性的滿足，無時無刻不在動腦筋。為了滿足食慾，一天到晚都在思考哪些食物比較好吃、食材應該如何烹煮；為了讓自己的外觀更好看、更多人愛看，想盡辦法打扮自己，甚至藉由手術改變天生的外形。另外，歌手不斷地練習發音、音樂家不停地吹奏樂器，都是為了發出更好聽的聲音。」

李小芬猛點頭：「難怪女人從小愛化妝，喜歡打扮自己，這果然是天性！」

何自立會心一笑：「嗯！夫人說得沒錯！」

陳義點頭：「五性對人類的大腦果然極為重要。」

何自立點頭：「正是！尤其是語，與人說話、表達思緒的天性。」

李小芬：「君子動口不動手，只會動口的人比較聰明，變成君子。」

何自立：「人與人的溝通，剛開始時並非言語，而是發出呼呼或吱吱的聲音，就像現在的猩猩一樣。一邊發出單調的聲音，一邊配合動作、手勢、表情來表達自己的慾望，或是形容各種物體，比如樹木、石頭、動物、水果等等。」

李小芬：「那算不算是一種……原始的手語啊？」

陳義搖頭：「不是吧！那樣比較像是肢體語言。」

何自立：「也可以這麼說！這些動作、姿勢、表情逐漸發展成圖形。人用可取得的顏料做為筆，在地上或壁上畫出各式各樣的圖形，這些圖就是我們所稱的『象形文字』。」

李小芬好奇：「我們的文字是這麼演變來的？」

何自立：「人類的文字有不同的起源，但最初的文字確實是從身體的姿態、臉部的表情、萬物的外形而來。經由不斷地創造，持續地累積，出現的文字越多，表達的意義愈複雜。文字連結成為詞句，詞句集結構成文章。古人將自己的知識、想法寫進一篇篇的文章，後人藉由古書中的字句理解先人的想法。」

陳義點頭：「這就是傳承吧！經由文章的流傳，人類累積的知識越多，更加了解這個世界。」

何自立：「日思夜想知識萌生，廣為流傳觀念漸成，久而久之形成文化，好的文化代代傳承。除了文字以外，最能促使大腦發展的還是言語。人原本只能發出簡單的聲音，但為了表達更多的思緒，聲調逐漸變得有高有低，發聲的時間也有了長短，也知道利用舌頭來發出更多的聲音。長在喉嚨內負責發音的聲帶，為了表達喜、怒、哀、樂的情緒，同樣變得更加精細，聲音的種類也愈多。」

李小芬抿嘴笑：「呵！呵！所以女人愛講話、喜歡聊天，就是為了持續發展人類的智慧吧！」

何自立微笑：「大概是吧！人類喜愛表達的天性，對於大腦的發展具有關鍵的影響。為了說服別人，人可以絞盡腦汁，說出言不由衷的話；為了達到目的，我們能掩飾臉上的表情，說出令人不得不信的違心之語。」

陳義附和：「不只如此！人可以從他人說話的音調、語氣、眼神、表情來判斷此人話中的真實含意。」

何自立點頭：「正是如此！與其他物種相比，人類的感官功能其實不強。眼睛看得不夠遠，但是大腦會分辨美或不美；嗅覺沒有其他動物敏銳，但生性喜愛美食、追求美味；聽力不夠精細，卻能聽出言談中的弦外之音。人會判斷哪個喜歡、哪個討厭，不斷地透過大腦，想方設法爭取喜愛的事物、抗拒討厭的東西，以此達到慾望的滿足，這就是人類的本性。在五性的驅使之下，人自然而然地發展出極度複雜的大腦。」

陳義：「不知道人類的大腦有沒有極限啊？」

何自立：「大腦的發展難以看到極限。但是，它也不可能毫無限制地發展。」

陳義：「怎麼說呢？」

何自立：「畢竟人類是活的生物，就算大腦沒有極限，但人的生命必有終。」

李小芬長嘆：「是啊！人再怎麼有智慧，終究是血肉之軀。一個人無論變得多麼聰明、多有權力，也無法延長自己的壽命。」

何自立點頭：「夫人說的很有道理。自古以來，人為了讓自己活得更久，出現了各種超越本性的行為。比如宗教信仰、求神算命。」

李小芬睜大眼睛：「愛算命不好嗎？這違反人類的本性嗎？」

何自立：「夫人別聽錯了！我是說：超越人類的本性。按說萬物的壽命終有盡，但人基於對五性的慾望，想盡一切方法延長自己的生命。於是，有人覬覦鬼神之力，或是藉由藥物、科技來延長壽命。」

陳義好奇：「難道……局長認為世上沒有鬼神？人死之後沒有靈魂？」

「這個嘛！我只能這麼說：世上的鬼神必有出處，眾生的靈魂自有去處。」何自立說著，眼神閃過了一絲詭異。

自無極而為太極

五天後的早上，陳義起了床，下樓進廚房，坐著吃早餐。吃完早飯，走出廚房，口袋裡的個人電話發出了聲響。他掏出電話，低頭一看，畫面顯示一列字體——海軍大校陳義請於二〇五一年三月八日九點至國家安全部部長室參加機密會議。

「甚麼！後天早上到國安部開會？都已經和何自立局長約好了，後天下午要到他們局裡，看看那些和地球自轉異常有關的數據。」「唉！只好另約時間了！打電話給何局長吧！」陳義正想著，手上的電話忽然響起。來電人正是何自立。

「何局長打來了?這麼巧!」陳義感到不可思議。

他接了電話。原來,何自立也收到了同一則會議通知,正要聯絡陳義更改見面地點。「嗯!這樣很好,那麼,會議當天再說了,何局長再見。」陳義鬆了一口氣。

二〇五一年三月八日早上八點三十五分,陳義來到了國家安全部的大門。他走到武警室窗前,接受了安全檢查,同時確認身分。

一名士官從武警室走出來:「長官您好,請隨我來。」

陳義跟在武警身後,兩人進入武警室,走出後門,穿過前庭,經過一排鐵樹,來到了行政大廳。只見「國之碁石」四個黑色大字掛在光亮的牆壁上。二人穿過大廳,轉進右側的長廊,直走到底,接著右轉,來到了祕書室門口。武警推開門板,屋內響起細緻的鈴聲:「叮噹!」。

武警:「陳義長官,裡面請。」

陳義點點頭,走進了秘書室。士官轉身離開,返回了武警室。一名二十出頭的長髮小姐從左邊的座位站了起來,迎向陳義:「您好!我是部長室助理秘書張芬芳。會議還有十五分鐘開始,請您先到貴賓室休息。」

陳義隨著張芬芳走過辦公室,來到鋪著紅地毯的貴賓室,在門邊的沙發坐下。張芬芳盛了一杯水,擺在沙發旁的茶几上:「請您稍坐會兒,其他與會的長官快到了。」

陳義偷看了張芬芳一眼,暗自猜想:「除了何自立局長之外,不知還有誰會來?」

張芬芳看著陳義，心有感應：「今天除了我們部長、副部長之外，還有三位局長來參加。另外，國內事務處的黃信處長也會出席。」

陳義：「我知道有位何自立局長會來，另外兩位局長是誰啊？」

張芬芳：「其他兩位是海洋局長和氣象局長。咦！您知道何自立局長今天會來？」

陳義點頭：「嗯！我和何局長原打算今天下午在他的辦公室見面，後來一起收到了會議通知，就改了會面地點。」

張芬芳：「我曾聽部長說：『這位何局長，學識貫通古今，胸中虛懷若谷，心中能容天地，是個少見的人。』」

陳義點頭：「部長說得真恰當！我前幾天聽了這位何局長談天說地，論道說理。當時的感覺……就好像小孩子不經意地闖進了玩具店，頃刻之間，大開眼界！」

談話間，秘書室傳來了「叮噹！」聲。

張芬芳轉頭：「他們三位到了，我去看看。」

陳義站了起來，隨張芬芳走回秘書室。何自立果然出現了。他提著公事包，與劉智信、高鴻一起走進辦公室。

何自立見到陳義，招著手：「陳義啊！來！我跟你介紹，前面這位是高鴻，你們海洋局局長。這位是劉智信，氣象局局長。」

陳義走上前，笑著和兩人輪流握手：「有機會同三位局長一起開會，真是榮幸。」

高鴻：「陳義先生太謙虛了！您在南極的研究成果，可說是科考站成立以來最了不起的成就啊！」

劉智信：「是啊！也就是這個原因，促成了今天的會議。」

「時間到了，請長官們隨我到部長室。」

張芬芳帶領四人離開秘書室，經過了貴賓室，來到一扇玻璃門前。只見陳明、鄭重坐在辦公桌前的沙發上，看著牆上的電視。

張芬芳推開門片，進到房內：「部長，參加會議的長官都到了。」

陳明：「會議桌準備好了？」

張芬芳：「是的！都準備好了，會議可以開始了。」陳明點點頭，起身走過辦公桌，來到座椅後方，推開一扇小門：「各位請進吧！」

六個人隨著陳明魚貫而入，進到了會議室。有個人一臉正經地坐在桌旁，正是黃信。陳義坐到黃信左邊的座位；陳明、鄭重分別坐在會議桌的兩邊；三位局長則坐在陳義二人的對面。

鄭重：「黃信，坐你旁邊的是航天科技集團的陳義大校，你應該知道吧？」

黃信轉身伸出右手：「您好！我是黃信，請指教。」

陳義：「黃處長你好，久仰了。」

鄭重：「另外，坐在對面的三位局長之中，有兩位上回介紹過了。中間這位是地質地震調查局的何自立局長。」

黃信站了起來，朝何自立舉手行禮：「長官好！我是國內處的黃信。」

何自立點頭：「黃處長果然年輕有幹勁！請坐。」

陳明：「各位，會議正式開始之前，有件事情必須先宣布。上級已經下令：國安部即刻成立一個極機密的專案小組，由本人擔任召集人。本組眼下的工作有兩項：一、全盤了解暖化的各種現象，分析往後的發展，推測未來的影響。二、對於日後政府應採取的作為，做出及時、正確的建議。另外，會議中討論的內容、計畫的部份，全都屬於極機密範圍。由於事關重大，同時為了維護資訊安全，參與會議的人員必須盡量減少。我們現場的五位專家，連我同副部長在內總共七位，皆是這個專案小組的成員。」

鄭重：「最高層級相當重視各單位提報的氣候異常現象。他們認為茲事體大，接下來的發展可能演變成重大危機，請在座的各位盡最大的心力。」

陳明：「會議現在正式開始。哪位先提報最新的數據發展？」

劉智信左看右看，率先發言：「各位！到昨天為止，對流層上方的溫度，已經升到了攝氏零下四十度。最近上升的速率是三個月上升一個攝氏度。」

陳義：「如此看來，最近半年的速率都維持在穩定的狀態了，是嗎？」

劉智信點頭：「目前是如此！」

何自立從公事包取出電腦，擺在桌子中央的方形框框內，看著眾人：「各位，我在此提供本局最近得到的資料。這是全球電磁波的偵測結果。大家看看！這些數據和陳義在南極發現的自轉異常有很大的關連。」

何自立將電腦開機，玻璃牆浮現了與螢幕相同的畫面。眾人的目光都盯著牆面，一個立體的地球影像出現了。地球的週圍一片漆黑，表面上有藍色的平行虛線和紅色的垂直虛線。藍色虛線標示從上到下的緯度線；紅色虛線畫出由左到右的經度線。地球以稍微向左傾斜的角度向右旋轉著。

何自立：「陳義在南極進行天文觀測時，發現地球自轉軸的變化速率增加了一倍以上。也就是說，地球目前自轉的角度正以兩倍以上的速度朝上發展。」

他說話的同時，地球傾斜的角度減少了，看來更加直立。同時間，球體上方顯現一列白字——轉軸傾角：23.4304 度。

陳義望向陳明：「這現象在表面上看不出來，這是速率上的變化。」

陳明點頭：「這個我知道！高局長前天向我說明了。」

何自立：「正是如此！它主要的影響不在地表，而在於地球內部。兩個月前，南極俄羅斯東方科考站下方發生了 5.5 級的地震就與此有關。」

劉智信皺眉：「這場地震不是和電離層的電漿濃度變化有關嗎？」

何自立：「好吧！我先說大氣中的電離層好了。這層分子電漿由地球本身的電磁波與太陽的輻射波交互作用所形成。除了日間、夜間高度不同之外，基本上具有相當的穩定性。然而，其中電漿濃度變化的主要原因，在於地殼的變動情形。」

話方歇，地球表面浮現一層泛著紫光的雲狀物體。淡淡的紫雲覆蓋著整個地表，某些位置的顏色看來較深。

何自立：「這是電離層白天的無線電波影像。下面一層原本是紅色，是源自於地核的電磁波。上面一層是藍色，正是來自太陽的輻射。這兩種顏色疊在一起，就成了紫色。這種現象到了晚上就不一樣。」說話間，牆上的紫色消失了，地球變成了一顆大紅球。

何自立：「這就是夜間的影像。由於失去了太陽輻射，所以藍光消失了，大氣中只剩地球本身的電磁波。如果，我們近看某些地震頻繁的地區……」忽然間，球體連續擴大，牆上一片暗紅。紅光中有個圓形的區域發生變化。仔細一看，此處的色澤越來越深、愈來愈紅。

何自立：「各位看的是縮時影像，影片的一秒鐘等於實際攝影的一個小時。這個顏色越發濃烈的位置，電漿的濃度愈高。」

陳義：「局長，這是哪裡啊？」

劉智信皺眉：「這個地方……好像是夏威夷吧？」

何自立點頭：「劉局長好眼力！正是夏威夷，大島發生六級地震前五天所拍攝的。接下來，我們看看其它的。」

一眨眼，牆上的球體亮了，變回原本的紫色。只見紫球中央有個橢圓形的範圍逐漸變藍。

何自立：「這裡由紫變藍的原因，就是紅色的部份消失了。也就是說，這個區域的電離層電漿濃度變淡了。後來，這裡發生了 6.5 級的地震。」

劉智信吞吞吐吐：「這個位置……好像是日本的北部吧？」

何自立點頭：「沒錯！就是北海道。由此可見，電漿的濃度變化和地震之間有某種關聯。」

陳義：「如此說來，濃度升高、降低都可能發生地震。」

何自立：「有時候濃度沒有變化也會發生地震，但是規模相對小。因為地殼變動的情況不會每次相同。當變動使得板塊厚度增加時，阻絕的效果會增強，電磁波的強度因此減弱，電漿的濃度就會降低。相反地，如果變動讓板塊的厚度減少了，電磁波反而容易穿出地表，因此，電漿的濃度就會上升。」

陳明點頭：「原來如此！經過了何局長這番說明，連我聽都明白了！」

何自立：「至於地球的自轉異常，這就相對複雜了。」話一說完，紅線、藍線縱橫交錯的地球再次浮現。

何自立：「最近這兩年，地球傾斜的角度朝著上方加速，每百年的變化率由一分二十一秒增至二分四十六秒。雖然表面上看來毫無異常，但它影響了地球內部，地殼下方的液態物質被晃動了！星球內部出現了潮汐現象！」

高鴻一臉驚奇：「潮汐現象？發生在地球的內部？像海洋般的潮汐嗎？」

何自立：「所謂的潮汐，指的是大範圍的水體出現了週期性的位差現象。由於這個現象發生在地球內部，所以稱之為『地核潮汐』。」

陳明皺眉：「這個地核潮汐是如何發生的？」

何自立：「地殼下方是地幔，地幔之下是地核。下層地幔與地核之間充滿了軟性物質，比如熔岩、流體物質、液態金屬等等。當軟性物質發生波動的現象時，這便是所謂的地核潮汐。地核潮汐出現之後，地球自轉軸的上升速率會越來越快，將提前來到 22.1 度。」

陳義一臉詫異：「這是真的嗎……會提前多久？」

何自立搖頭：「目前還無法判定，至少還要三年的觀察期。」交談間，地球表面浮出一道紅色光圈。光圈沿著平行的緯度線往下移動，經過了赤道，來到最下方的南極洲。紅光在南極點稍作停留，又緩緩地朝向上推進，直到球體的最上端。光圈在北極區集中後，再度向下進行。只見一圈紅光在球體表面上下來回。

何自立：「各位所看到的紅色光圈，是極低頻的電磁波顯影，為頻率 30Hz、波長 100 公里的無線電波。這是聯合國地震觀察中心設在全球一千多個電磁波接收站取得的訊號。將這些數據輸入儀像產生器，再以繪圖程式合成影像。」

陳明：「這個電波是何時發現的？」

何自立：「這個電磁波一年前才被偵測出來，當時相當微弱。它最初以小波動的方式分散在地球內部。大約半年前，訊號開始增強，較小的波被較大的波合併，波動不斷地簡化，最終形成單一波動。」

陳義看向劉智信：「半年前？那正是對流層溫度上升的時間點，不是嗎？」

劉智信點頭：「沒錯！對流層正是半年前開始升溫的。」

何自立：「此波與形成磁場的重力波不同。它沿著緯度線進行，經過赤道，分別在南極、北極交會，在地表上下之間不斷來回，如同各位所看到的。它進行一圈的時間大約是十天。這現象如同海水的潮汐，所以稱為『地核潮汐』。」

高鴻看著紅色光圈跑上跑下，緩搖頭：「這和海洋的潮汐根本不同！海的潮汐在地表平行移動，不會有交會點。」

陳義吞吞吐吐：「這些液態物質繞了地球一圈……在另一端交會的時候，波動應該會相互抵消吧？」

何自立：「如果是水面上的波浪，或多或少會抵消。但是，地核潮汐發生在地殼之內，因為條件完全不同，所以不會。」陳義聽了，失望地搖搖頭。

何自立乾咳一聲，喝了口水：「因為水面的波浪是開放的，水的波動只受制於本身的條件，不受其他因素影響。但地球內的波動是封閉的，它受困於地殼下方，所以不會像水面波浪那般互相抵消。」「我這麼說吧！地核潮汐在交會之時，不但不會變小，反而會增強！」

高鴻一臉訝異：「反而增強？這是為何？」

何自立：「這些液態物質具有強大的密度，當波動在南極、北極交會的那一刻，波動的確會停止前進，但不會消失。我舉個例子來說，這就像兩個實力相當的拳手同時用拳攻擊對方一樣。拳頭對撞的當下，兩個人的手臂的確會停止，但拳手的動能卻持續向前，直到雙方推進的力量都用盡。接下來，會有更大的反作用力回擊拳手的身體。」

何自立拿起光筆，指向牆面：「各位看！波動繞行地球一圈，分別在上、下兩點交會。可想而知，當波動來到赤道時，因為這裡是最長的圓周線，涵蓋的範圍最廣，波動會被分散。所以赤道地區的波幅最小。然而，南極、北極的範圍最小，波動在此交會，波幅自然最大。」

陳義：「這個電磁波到底是如何產生的？」

何自立：「要了解這個電磁波，必須先了解地球的構造。地殼的下方是地幔，而地幔分為上下兩個部份：上地幔為岩石、氣體所構成；下地幔則是高溫的液態物質。地幔之下是地核，地核的外層是炙熱的液態鐵。因為地球自轉發生異常，下地幔的軟性物質、外地核的液態鐵出現了波動。這就如同我們突然搖晃一個圓形的水球，球被晃動時，雖然表面上看不到變化，但內部卻產生了波動。水球繼續搖晃，波動越來越強。地核潮汐發生之後，這些液態物不停地衝擊上地幔，電流因此產生。電流穿過地殼，來到地表，這便是電磁波接收站偵測到的無線電波。」眾人聽了，望著牆上的地球，只是點頭。

片刻後，劉智信：「何局長！我們都知道地核外部是高溫的液態鐵。我想請教的是：地球中心的內地核是由何種物質構成？」

何自立：「用『內地核』這個詞來稱呼地球的中心並不正確，應該稱之為『地心』才對！它並不是甚麼物質，很難用言語來形容這個地方。地心如同人的內心，既無形，也無體，似有若無，不動不靜。它在創世之初就存在了，人類無法研究這個地方，因為它的範圍有時大到超乎想像，有時小到難以察覺。」眾人聽了，皆露出難以置信的表情，房內頓時陷入了死寂。

沉靜之後，鄭重搖搖頭：「哎呀！何局長！我出生以來頭一回聽到如此的論調。您這有如混沌初開的神話，聽得我全身起了雞皮疙瘩！」

何自立聽得發笑：「哈！哈！這個靜若無存的地心，正是混沌太虛的起始點、宇宙運行的根基啊！」

劉智信皺眉：「何局長，這般說法有沒有科學的基礎或依據？」

何自立：「沒有！因為這個地心無法用任何的儀器或可執行的方法來觀察，更別提研究它、測量它。」

劉智信搖頭：「既如此，如何知道這樣的地心存在於地球內部呢？」

何自立長嘆：「唉！劉局長，你有辦法提出時間存在的基礎或依據嗎？可以分析時間由何種物質組成、又是如何運作的嗎？」劉智信聽了，雙唇緊閉，搖頭不語。

何自立：「人受限於自我的意識，無法察覺自己所處的時間，只能觀察有形的物體，藉由萬物的演變來感受時間。事實上，在地球形成之初，時間就已經存在了！是不是？」眾人聽著，只是點頭。

何自立：「由於誕生了地心這個奇妙的原始點，才有了四面八方的空間。中央的地心渾然不動，周圍的液態物快速流動。最終，地球成了一個圓，一個在表面上不斷延伸、沒有極點、無邊無際的圓。」

無極之真，二五之精，妙合而凝

眾人聽得屏氣凝神。有人睜大雙眼，有的眉頭深鎖。

何自立喝了口水：「地球在地心與液態鐵的作用下開始轉動。高溫的氣體、液體不停地噴出地表。不久之後，星體的磁場出現了。接下來，陽光照射大地，空氣形成對流；月球繞行地球，液體起伏波動。一段時間後，大氣穩定了，地殼的溫度隨之下降。」

陳義緩緩點頭：「原來如此，請問：地球上的生命又是如何誕生的？」

何自立：「太陽形成晝與夜，月亮區分曆與節，空中氣體變成雲，雲化為雨落至地，海洋陸地於是形成，大氣環流隨之發生。接下來，大地的磁場與空中的電離層相互作用，大氣中的氫、氧劇烈地反應。那一段期間：全球遍行風和雨，閃電雷擊轟大地。自此，原始的生命元素誕生了。」

陳義一臉狐疑：「原始的生命元素？您指的是『胺基酸』嗎！」

何自立想了一下：「我這麼說吧！地球蘊化生命的過程雖然漫長，但從表面上來看，簡直像是卵子受精的那一刻！」眾人一聽，瞪大了眼睛，發不出聲音。

過了片刻，陳義看向牆上的地球，摸著下巴的鬍渣：「照目前的狀況發展下去……南極的地震應該會越來越劇烈吧？」

何自立點頭：「南極的冰層之下火山遍佈。而且，地核潮汐只會更加強烈。可想而知，火山受了地核潮汐的影響，地震的次數、強度只會有增無減。」

這時候，始終不發一語的黃信終於開口：「接下來的重點，就是持續關注南極大陸的地震活動，對嗎？」

何自立點頭：「不僅如此！我們還得注意對流層的溫度，我認為兩者之間有著密切的關聯。」

五氣順布，四時行焉

六月中旬，陳永達畢業了。北京的天氣異常悶熱，多半晴天，時而暴雨。這一天，陳義詢問了陳明，得知專案小組近期不會召集會議。一家三口整理了行李。五天後，他們起了大早，搭上電車，來到機場。一家人從北京飛到了台灣。

陳義帶著妻子、兒子返回老家。巴士進到新竹縣新埔鎮陳家莊，幾位叔伯、姨婆、堂兄弟姊妹早到了家族祠堂，迎接他們。供上水果、插好鮮花、點燃香燭，陳義的大伯領著三人、親族眾人祭拜祖先牌位。中午，一家人與親戚們進入新竹市的客家餐廳。用餐之際，幾位長輩問及陳義的近況。陳義皆以「目前都在太空管制中心待命，不久之後將擔任新人的指導員。」含糊帶過。飯後，他們又上車，來到桃園機場，飛到了美國。

巨型客機降落在洛杉磯，陳永達領著父母，進到球場觀看比賽。這晚，落後了大半場的太空人隊在第九局逆轉，帶走勝利。三人滿心歡喜地離開河畔球場。接下來，一家人在奇幻影城玩了三天。之後，他們進入充滿驚奇的水上樂園、酷熱難耐的大峽谷、五光十色的賭城。一家三口在美國西岸遊歷了十五天，七月上旬回到北京。

二〇五二年二月五日上午一點三十分，陳義收到了專案小組的會議通知。隔天下午一點五十分，他來到國安部，進了部長辦公室。其他組員陸續到場，一起進到會議室。

眾人坐定了，陳明：「會議開始之前，有件事在此宣布：本小組的名稱已經核定了，叫做『仁義』。從今天起，本小組擬定之計畫均以仁義做為代號。接下來，請高局長報告南極方面傳回來的最新情況。」

高鴻一臉正經：「各位，令人擔心的狀況來了！南極大陸一個月來發生了數十起的有感地震。其中規模五級以上的有十五次，五級以下、三級以上的共有三十次。另外，常年駐守在西部冰原的英國火山監控小組發布了最新的監測報告。他們認為冰原底下數十座活火山噴發得更劇烈了，將有大規模爆發的可能。還有，蘭伯特冰川附近的裂縫進一步擴大了，整體長度由二百公里變成一千二百公里、平均寬度由半米增至十米。從空中鳥瞰，儼然成了一個冰峽谷。同時，裂縫的深度增至一千六百公里，幾乎是冰蓋厚度的二分之一了！最嚴重的是，這幾十年來，世界各國在南極各區的冰層上，陸續鑿穿了十五個供研究人員進出的孔洞，其中包括沃斯托克湖上方的探勘孔。由於冰層下方的冰湖大幅升溫，這些洞口冒出了大量的水蒸氣，源源不斷的蒸氣由冰層底部直上地面，飄進大氣之中。」

陳義聽著，全身一癱，洩了氣一般。眾人見了，面露關切。陳義慘白著臉，扶著桌面，有氣無力：「這些水蒸氣……會不會影響整個大氣環流啊？溫室效應……會不會因此失控啊？」

劉智信長嘆：「唉！這件事情恐怕已經發生了。南極位處極區，與其它地區不同。那裡上方的空氣較熱，底下的空氣較冷，也就是說，當地的氣流由上空沉降至地面，所以這些水蒸氣不會立即進入對流層。但蒸氣來到中緯度地區後，會因熱抬升作用逐漸上升。我們密切關注的對流層溫度，昨天升到了攝氏零下三十六度。最近這三個月，上升了兩個攝氏度。」

何自立搖頭：「照這個速度發展下去，用不了幾年，對流層將出現難以想像的高溫。接下來，氣候就要出現大變化了！」

陳明皺眉：「何局長，可以清楚說明嗎？」

何自立：「南極發生大大小小的地震、數十座的火山噴發都不足慮，這只會造成冰蓋加速溶解、海平面快速上升，對氣候不至於造成立即的影響。」

陳義：「是啊！但對流層的溫度為何升得如此之快？不久前，三個月才上升一度！」

何自立：「這正是令人擔心的地方。水蒸氣是最容易形成溫室效應的氣體，南極如今卻出現了大量的水蒸氣。這些蒸氣不僅融解了下方的冰層，甚至會影響大氣循環。」

劉智信：「水蒸氣升到天空之後，會因低溫作用凝結成雲，接著形成雪雨降至地面，如何影響大氣循環？」

何自立：「水蒸氣進入大氣之後，直到落在地面之前，會在空中停留，時間大約是九天，我說的對吧？」

劉智信點頭：「理論上是如此。」

何自立：「假如水蒸氣在大氣中停留了二十天，甚至過了三十天還未落至地面，又如何？」

劉智信一聽，閉上了眼睛。眾人啞口無言，房內安靜無比。片刻後，劉智信睜開眼睛，搖著頭：「這個問題我無法回答，理論上不至如此。」

何自立冷冷地：「目前的遭遇前所未見，光靠舊的理論如何推論原因？又何以預測將來？」

劉智信聽了，雙眼無神，面色鐵青。

陳明發覺氣氛僵了，急打圓場：「何局長，大伙急著聽你的高見呢！」

何自立：「我猜測對流層溫度升高的原因，一部份在於長期累積的二氧化碳。然而，南極大陸冒出的水蒸氣才是主要的原因！這些蒸氣進入了大氣層，影響對流層的溫度。對流層升溫之後，水蒸氣便無法按照原來的速度凝結。」

陳明：「這與南極最近的火山活動有關嗎？」

何自立：「火山噴發是板塊移動所造成，地核潮汐才是主要原因。但是，這些過程都是環環相扣的。」

鄭重：「這就變成了惡性循環，不是嗎？」

何自立點頭：「是啊！暖化發展至此，不但無法減緩，甚至會以超乎想像的速度惡化。」

陳明：「這個水蒸氣在大氣中占有固定的比例嗎？稍微超過或減少都不行嗎？」

劉智信回了神：「有……有固定的比例。在正常的情況下，水蒸氣在大氣中占有一萬三千立方公里的面積，大約在所有的水分子中占了 0.0001 個百分比，是水在自然界中比例最小的型態。如果水蒸氣的比例發生了變化……那麼，接下來的發展便無法以原來的模型進行分析了。」

何自立：「除了水蒸氣之外，比例最高的是水，再來是冰、霧、雲，這五種形態的水分子，長期以來在大氣中占有固定的比例。地球的氣候、水文的循環，完全取決於這五種水分子的佔比。」

鄭重聽得納悶，自言自語：「地球的氣候……不是取決於四季嗎？」

何自立搖頭：「要是水分子的比例出了問題，根本不會有四季。」

突然間，房內陷入了死寂，只聽得沉重、緩慢的呼吸聲。

片刻後，陳明長嘆：「唉！再這麼下去，整個氣候會如何演變？還能不能讓人居住啊？」

眾人一聽，紛紛低頭，不發一語。

不久後，黃信開口：「各位，我們是不是該研擬相關的應變計劃？」

何自立點頭：「黃處長說得是！我認為，我們還有三到五年的時間可以採取行動。」

鄭重一臉訝異：「三到五年？怎麼說？」

何自立：「我在上次的會議中報告過了。由於地球自轉異常，內部的地核潮汐越發強烈。我估計三至五年後，地面上將出現前所未見的火山活動。」

陳義聽了，緩緩地閉上眼睛。其餘五人互相對望，皆是無法置信的表情。

鄭重一臉嚴肅：「各位，我們是不是該找其他的機構來確認看看……難道地球真的不適合居住了？」

陳明搖頭：「如果找民間機構，可能有洩密的風險，而且怕是曠日廢時，延誤時機。」

黃信：「我也不建議找其他單位。這消息要是外洩了，必定會造成恐慌，一發不可收拾。」

陽變陰合，而生水、火、木、金、土

這時，陳義張開了眼睛：「聽了何局長這番推測，我不禁聯想到一顆行星，就是離我們地球最近的金星。」

劉智信眼睛一亮：「是啊！依我們長期對金星的觀察，她可能發生過難以想像的氣候變化。

根據聯合國天文研究學會的報告，在十億至二十億年前，金星擁有和地球相似的大氣層，也有大量的水分子存在星體表面。」

陳義：「是啊！金星原本的氣候應該和地球差不多，後來不知何種原因，在六億到十億年之間，所有的水分子幾乎消失了，只剩下二氧化碳、氮氣、氬氣。」

劉智信：「那是因為太陽的熱輻射作用。由於氫、氧的體積比較小，重量相對輕，容易被強烈的太陽風吹離。因此，金星的大氣中只留下較重的氮氣、二氧化碳、氬氣。另外，金星表面火山眾多。這些火山不斷噴出硫酸氣體，酸霧在空中持續累積，形成了又厚又重的雲層。」

鄭重一臉不安：「難道……地球也會變成現在的金星？」

何自立搖頭：「不至於！金星的氧和氫之所以被太陽風吹離，主要的原因在於星體的磁場過於微弱。它現有的磁場由空中的電離層與太陽的熱輻射相互作用所產生，只存於大氣之中。而地球本身具有強大的磁場，所有的氣體分子都被吸附在表面上，太陽風無法吹離，這點不需要擔心。」

黃信：「如果金星數十億年前擁有和地球相似的大氣層，為何會變成這般不適合生存的環境？」眾人聽了，好奇地看著劉智信。

劉智信緩搖頭，一臉無奈：「很抱歉！未曾見過哪個天文機構提出令人信服的報告，所以本人也不知其中的原因。」

何自立一臉淡然：「因為金星失去了她的伴星。」

陳義納悶：「伴星？應該是衛星吧？」

劉智信：「不是吧！根據各天文機構的觀察，金星從未有過衛星，難道她以前有嗎？」

何自立：「軌道互相鎖定，並且同步繞行的多星系統互為彼此的『伴星』。金星曾經有個伴星，就像地球旁邊有顆月球一樣。金星在生成之時，球體表面也佈滿了地底噴出的原始氣體。地殼冷卻之後，它的大氣就如同地球的大氣層一般，充滿了氮、氧、氬、二氧化碳、氫這五種氣體分子。」

陳義：「我記得曾有人觀察過一顆小行星，它和金星之間維持著類似衛星的關係，這個小行星後來失去了蹤跡，變得下落不明。」

何自立：「這個小行星就是金星的伴星，五百年前就有人觀測到了。她的名字叫做『尼斯』。尼斯和金星的關係，就像月球與地球一樣。後來尼斯遭到巨大流星的撞擊，脫離了原本的軌道。三百多年前，偶然可以看見尼斯出現在土星和木星之間，但她無法回到原本的軌道，成了一顆『流浪行星』。」

劉智信聽得搖頭：「說來慚愧啊！這些事我還是頭一回聽聞呢！」

何自立：「太陽系之中，所有行星的自轉方向都是逆時針，只有金星不同，因為她失去了伴星之後，自轉軸多轉了半圈。」

鄭重不解：「何謂自轉軸多轉了半圈？」

「地球自轉的傾斜角度在22.1度到24.5度之間來回擺盪，對吧？」何自立邊說邊伸出右手。他將手指握成拳頭，伸出拇指，慢慢朝下：「就像這樣，金星原本自轉的角度約為40度，受到尼斯的牽引往下傾斜。當她來到了43度該停止傾斜的時候，尼斯被巨大的流星撞擊。尼斯與這顆星體撞在一起，形成強大的磁場，吸引著金星。金星無法停止傾斜，翻成了180度，變成上下顛倒的自轉方式，這就是我們現在所看到的順時針旋轉。」

鄭重恍然大悟：「原來如此！」

何自立：「金星的位置比較靠近太陽，為了維持運行的軌道，她自轉的速度原本就超過地球。由於失去了伴星的牽引，她的轉速更快了，甚至超過行星可負荷的範圍。加上她的自轉軸異常傾斜，存在於星體內部、維持磁場的液態物質發生了地核潮汐，因此地面上出現了難以想像的火山爆發，大量的液態金屬、軟性物質噴至地面。最終，金星失去了大部份的磁場。」

陳義：「難怪金星的氫、氧無法留在星體表面。」

劉智信：「行星一旦失去了氫與氧，便無法形成各種型態的水分子。」

何自立：「金星失去了磁場之後，連自轉的速度都變慢了。她愈轉愈慢，變成太陽系中轉得最慢的星體。」

劉智信點頭：「是啊！金星自轉一圈需要243天，比它公轉一圈224天還久。」

何自立：「所有行星繞行太陽的軌道都是橢圓形的，只有金星是正圓形，因為她的軌道完全被太陽鎖定，成了太陽的衛星。」

立天之道，日陰與陽

鄭重搖頭長嘆：「唉！難怪老子說：『天地不仁，以萬物為芻狗。』只要稍有一個變動，星球上所有的生物都會遭殃。」

陳明：「各位！先別討論其他的行星了。在此之前，有沒有哪個機構曾經研究過……哎呀！地球是否發生過類似的溫室效應啊？」

眾人聽了，互相交望，不發一語。劉智信沉思了片刻：「依照冰川氣象學的看法，由於現今的南極大陸還存有大面積的冰蓋，推論地球仍處於冰河期。但是，冰河期之中常有間冰期出現。這段時間內，氣溫會變得比較溫暖。所以，現在的地球應處於間冰期。」

陳義：「劉局長，據您所知，目前這個間冰期大約進行了多久的時間？」

劉智信：「曾有研究機構指出：間冰期持續的時間約為二萬至三萬年。我記得這次的間冰期進行到現在大約是一萬三千年。但我必須先聲明：對於冰河期的成因、目前所處的時期、期間進行了多久，這在科學界之中仍有許多爭議。」

陳義長嘆：「難怪啊！我在南極考察時，對於暖化到底進行了多久，也一直摸不清。」

高鴻：「咦……你指的是沃斯托克湖的水體形成時間嗎？我們崑崙站的分析結果和俄羅斯的調查報告不一樣，是這件事嗎？」

陳義點頭：「是啊！我研判水體的形成時間正是暖化進行的期間。但是，一個認為是兩萬年，另一邊卻說一萬三千年。」

高鴻：「兩年多前，我曾在聯合國氣候變遷研究中心舉辦的研討會中，和俄羅斯的資深研究員聊過這件事情。他當時這樣回答：『我們調查沃斯托克湖時並沒有實際測量各種分子的濃度，也沒有比對它們的半衰期。這個一萬三千年的時間，其實是參考【米蘭科維奇循環】而來。』」

陳義聽了，喃喃自語：「這樣啊！這豈不是又陷入了困局？」

何自立忽然拉高聲量：「這並不是甚麼困局！這是自然的循環！自地球誕生以來：陽光照射大地，空氣產生對流，對流造成降雨，雨水滋養萬物。不僅如此，月球繞行地球，自轉發生傾斜，傾斜形成四季，節氣化育萬物。地球運行於太陽與月球之間，同時獲得兩者的能量。當這兩股能量發生消長時，氣候自然會出現短暫的異常。既然俄羅斯研究員並沒有實際研究水體的形成時間，那就代表崑崙站分析的結果是對的！不是嗎？」

高鴻猛點頭：「是啊！我也是這麼認為！」

何自立：「陳義啊！更何況你發現地球的自轉出現了異常，這引發了內部的潮汐現象。所以，暖化到底是進行了一萬三千年，或是二萬年都不重要，這七千年的差距根本沒有意義。因為，接下來就是一萬三千年、或是二萬年的冷卻，這都符合你的研究，不是嗎？」陳義聽得面色如土，緩緩點頭。

黃信：「我聽說海洋局的特別研究員在南極進行探查時，曾進入一個神祕洞穴，是否可以讓大家看看這段影片？」

高鴻：「哎呀！這段影片我今天沒帶過來，下次會議時再讓大家看看。」

鄭重：「是不是有水底熱泉、飛碟建築的視頻啊？」

高鴻點頭：「正是！」

陳明：「好吧！各位，下次會議應該訂在哪一天？屆時大家一起看看這段影片。」

黃信：「此事不宜拖延，我建議明天。」

何自立：「我附議。」

立地之道，曰柔與剛

現場無人表示意見，陳明宣布會議結束。眾人走出會議室，進到部長辦公室。陳明邀請小組成員至部內的餐廳共用晚餐。陳義心中茫然，吃不下飯。他告別眾人，離開國安部，走往乘車站。進入站內，電車來了，門開了。陳義恍恍惚惚地上了車，走到最後的座位坐下。前方坐著一對母子。年輕的少婦捧著一本兒童書，對身旁的小男孩說起了《大野狼和三隻小豬》的故事。陳義聽著溫柔的聲音，看著母子二人，想起了自己曾對兒子說過的小豬故事。

回憶間，會議中的對話在他的腦海裡迴響。陳義一邊回想，一邊思考：「這些事情要不要告訴小芬？她聽了之後會不會擔心？如果連永達都知道的話……他會不會害怕？」他越想越煩惱，愈想愈迷惘。沒多久，到站的廣播響起。陳義失魂落魄地下車，行屍走肉般走回家門。他看了柱子上的對講機一眼，拿出口袋裡的鑰匙，開門進屋，來到客廳，走至平常坐的沙發前，坐了下來，呆看電視。

李小芬走出廚房，發現丈夫傻傻地瞧著沒有畫面的電視。她走到陳義身前，在他的眼前揮手。

陳義如同夢中清醒，楞了一下：「甚麼事啊？」

李小芬搖頭：「老公，電視沒有畫面，你也看得如此專心！」

陳義先看電視，回看妻子：「我沒開電視啊！看啥電視？」

李小芬知道陳義必有心事，坐他身旁：「今天不是同何局長到國安部開會嗎？開了一整天，累了吧！」陳義沒有回答，看著牆上的時間。

李小芬：「晚飯吃了沒？」

陳義：「部長留我們一起吃，但我沒胃口，不想吃。」

李小芬：「沒胃口！開會遇上難事了吧？」

陳義：「難事！有何自立局長在，啥事難得了大家！」

李小芬：「也是啊！那你為何不吃呢？是餐廳的飯菜不好嗎？」

陳義：「我連餐廳都沒進去，怎知菜色好不好！不過，陳部長邀請的，菜色一定好。」

李小芬：「那一定是累了，先去洗澡吧！洗完要是覺得餓，冰箱還有水果、蛋糕。」

陳義抬頭看向天花板：「永達上高中後還習慣吧？」

李小芬：「他啊！只要有籃球社，不會不習慣。」

陳義站了起來：「好吧！我先去洗澡了。」

凌晨兩點整，陳義躺在床上超過了三個小時。他輾轉反側，無法入眠。太空站的奇異夢境又在腦海裡浮現了。才將怪夢拋在腦後，他又想起何自立在會議中所言：「接下來就是一萬三千年或是兩萬年的冷卻！」陳義越想越焦慮，又憶起吳宏說過的話：「人類的祖先活在地球上，早就超過數十萬年了！」憂慮之間，南極經歷的一切在腦海裡上演。陳義愈想愈清醒，又擔心起家人的未來。「唉！想開點吧！這一切根本無法改變。該來的遲早會來，該面對的終究躲不掉，這就是命運吧！」他無奈地勸慰自己。

ꕥ ꕥ ꕥ ꕥ ꕥ ꕥ

隔天一早，七個人準時在陳明的會議室就位了。高鴻拿出電腦，擺在桌子的框框內，玻璃牆浮現畫面。他播放神祕洞穴內錄下的視頻。眾人屏氣凝神，看著影片。

高鴻設定影片的區間：「我讓各位從洞穴的入口開始看，有不明白的地方可以提出來。」

陳明：「高局長，我們從最早的畫面開始看，免得有遺漏，看過一遍後再討論。」高鴻點點頭，再次設定區間。影片從入水點開始播放。這段視頻陳義看了三遍，他知道自己不會有任何的遺漏，趁著六人看片的時間，偷偷地瞄看他們：何自立還是那般眼神堅定；鄭重不時皺眉，似乎不太了解片中的情形；黃信雙手交叉胸前，臉上毫無表情；劉智信看似專注，卻連打哈欠；高鴻和自己一樣，早已看過這段影片了，他的眼睛半瞇，看來疲憊；陳部長看著影像，摳摳額頭，摸摸鼻子，似在思索。

陳義看了，心中暗想：「兩位局長應該和我一樣，昨晚都沒睡好。」一個半小時過去了，陳義感到眼皮沉重，睡意漸濃。忽然間，牆上沒了畫面。

高鴻：「攝影到這裡結束了，因為這個時間點，研究員在冰下湖遇上了5.5級的地震。為了緊急避難的考量，人員必須立即撤離，拍攝的潛艇自動關機，影像在這兒中斷了。」

黃信：「看這些飛碟的排列方式，應該圍成一個大圈圈。」

陳明：「高局長，飛碟這段讓我們再看一遍。」高鴻點點頭，設定影片區間。

整列的飛碟由遠而近，重新出現在牆面上。三十分鐘後，影片結束了。高鴻點開洞穴的立體景象，所有的物體都呈現在牆面上。

黃信看著畫面：「這種建築方式，如此的建築規模，以人類目前的能力，恐怕還要花上好一段時間才辦得到。」

鄭重：「不知這些建築是何人所建？為何而建？」

陳義：「從我見到這些飛碟的第一眼起，就不停地思考這些問題，卻想不出個所以然。」

黃信：「現在研究何人興建已經緩不濟急了，我認為應該要了解建造的原因。」

陳明點頭：「我也這麼想。第一個問題是為何而建，另一個問題是如何而建。」

黃信：「這些建築的功能，如果不是避難，就是為了儲藏。」

鄭重一臉疑惑：「咦！在水底蓋了那麼多屋子，就是為了避難或儲藏？難道是水中生物建造的？」

何自立：「這些建築在建造之時，洞內可能沒有水。」

陳義：「是啊！或許是一般的高原地形，應該沒有三、四公里厚的冰層覆蓋在上面。」

黃信：「可能像今天的青康藏高原。」

陳明：「我也這麼想。但是，在這麼高勢的地形，挖出這麼大的洞穴，這因素要研究清楚。」

何自立：「恐怕當時的地形地貌也不同於現今。」

陳明：「如此說來……高局長，這些建築距今多久的時間？」

高鴻：「很抱歉！研究員沒機會對這些建築做採樣，所以無法進行分析。」

陳明點頭：「那好吧！撇開建造的時期不談，也不考慮何種生物興建，這些建築的功能究竟為何？」

眾人聽了，不是閉眼沉思，就是偷看旁人。

片刻後，陳義：「建造如此規模的建築物在此，應該如黃處長所說的，為了避難或儲藏，其中以避難的可能性最大。」

何自立點頭：「我也這麼認為。況且，儲藏也是為了應付不時之需，性質上兩者相同。」

陳明：「既然如此，建造者到此為避何難？儲藏何物啊？」

黃信：「第一，躲避戰亂。第二，逃避災難。」

鄭重猛點頭：「是啊！否則在此開闢這般寬廣的空間，建造如此規模的建築，不可能是為了休閒度假吧！」

陳明一聽，不禁莞爾：「嗯！大家再想想，到底是躲避戰亂的機會大，還是逃避災難較為可能？」

黃信：「從這些建築的排列方式來看，它們的下方應該有個通道連結著。我想，逃避災難的可能性較大。」

陳義摸著下巴：「逃離戰亂、躲避災難，這兩者並沒有太大的區別。這些建築興建於此，應該是為了與外界隔絕，形成一個獨立的生活空間。」

何自立點頭：「相當有可能！而且，之所以選擇此地，應當與這裡的溫度有關！」

陳明眼睛一亮：「怎麼說？說詳細些！」

何自立：「這個洞穴內有熱泉噴發，表示有熱源潛藏在地殼之下，也就是說，洞內的溫度明顯高於其他地方。」

陳明：「何局長說得很有道理。如此說來，當時洞穴外的情景，著實教人擔心啊！」

劉智信：「當時洞外可能是冰天凍地，寒冷至極！」

鄭重皺眉：「現在的南極不也是寒冷至極嗎？這沒道理啊！他們大可找個熱帶地區來躲藏，沒必要在極寒之地找個有溫度的洞穴來避難吧！」

陳明：「剛剛說過了，那時南極可能不在今天這個位置上，所以氣候也不見得會和現在一樣。」

高鴻：「根據南極科學協會的研究報告，南極洲年代最久遠的冰層，大約在一千三百萬年前形成。另外，南極大陸漂移到今天這個位置，至少有二千三百萬年以上了。」

何自立：「當時的氣候難以斷定，可能異常寒冷，也有可能極度炎熱。」

陳義似有領悟：「是啊！地球的氣候確實會在短期間之內出現兩種極端的溫度。原本是充滿水蒸氣的炎熱環境，卻在很短的時間內變成極寒冷的冰河期。」

劉智信一臉訝異：「這是真的嗎？以前發生過這種現象？」

陳義點頭：「的確有！我們在南極研究冰芯時，確實看到這種情況。而且，這種現象是週期性的，最短的週期是四萬年左右。」

劉智信喃喃自語：「四萬年嗎？難道是【米蘭科維奇循環】！」

高鴻：「我想起來了！特別研究員回國後，呈上的調查報告中寫著這麼一段：這個四萬二千年的週期應該稱為一個『地球年』。對了！這篇報告就是陳義先生執筆的。」

陳義點頭：「正是本人所寫。當時藉由崑崙站的站長，冰芯氣象學家吳宏的研究，我們發現了這個詭異的現象。南極冰穹A的冰芯內，竟然多次出現昇華與凝華同時存在的證據，這個期間約是四萬年。所以，我個人認為，完成一次米蘭科維奇循環的過程，就是地球歷經一次暑往寒來的時間。於是，我稱其為『地球年』。」

鄭重滿臉困惑：「這麼說……我們現在要準備過這個地球年了？」

陳義長嘆：「唉！這個問題著實讓我困惑。若依照米蘭科維奇循環，這個地球年應該還要七千年才會到來。但是，假使這個循環失之精確，我們無法估算下次地球年來臨的時間。」

何自立：「或許這個循環並非那般規律，畢竟它有變數，比如南北極冰層的融解、海平面大幅升高、地核潮汐的作用，這些因素都會影響週期的長短。」

陳明：「我知道了。讓我們回到原來的主題。由此可見，建造這些建築的目的，正是為了躲避劇烈的氣候變化，是嗎？」眾人聽了，只是點頭。

陳明躊躇片刻：「那麼……接下來，我們是否也該認真地討論，好好地研究，屬於我們的避難建築了。」

黃信：「我認為，我們也該找個類似的地理環境，建造相似的避難空間。」

何自立：「這點我附議！」

鄭重：「我們上哪兒找這樣的洞穴，它的面積不是像青海省一樣大嗎？」

陳明：「我們有能力在青康藏高原弄出那樣大的洞穴嗎？」

黃信：「以目前的能力，三五年內辦不到。」

何自立：「洞穴的大小並不是主要的考量，該考慮的是這個洞穴能不能維持適當的溫度。像南極這個洞穴，它的下方就有火山的熱能，可以維持洞內的溫度。」

陳明點頭：「是啊！這還得何局長回到局裡，就全國的火山分佈區，選出適當的地點。」

何自立點頭：「這點沒問題！」

黃信：「怕只怕，我們無法弄出與之相提並論的大洞。屆時，提供的避難空間必定有限。」

陳義心有同感：「是啊！到那時，哪些人可以進去，誰不能進入，這些問題都得事先考慮。」

陳明淡淡地：「此事關乎人類的生存繁衍，很多人勢必躲不過這場浩劫，但這不並是我們該顧慮的，還是著眼於避難空間吧！」

鄭重臉色一變：「屆時必定要犧牲多數人來保存小部份的人！」

此話一出，無人再應。眾人只是低頭，嘆息聲此起彼落。

過了片刻，何自立：「避難地點由本人負責挑選，但還得有人負責後續的建設方案。」

黃信：「其他的我來負責。」

陳明點頭：「那好！哪位還有議題要討論的？」

陳義吞吞吐吐：「還有一點……避難的時間……大概會多長啊？」

鄭重點頭：「是啊！這太重要了！躲在隔絕的空間裡，住太久會出問題的！」

眾人聽了，不約而同地看向劉智信。只見他眉頭深鎖，愣愣地看著桌上的水杯。坐在一旁的高鴻輕敲桌面：「劉局長！大家想問你，這劇烈的氣候變化會持續多久的時間啊？」

劉智信一愣：「我一直在想，是不是有其他機構針對這前所未見的氣候現象做過研究。但是，在我的印象當中，完全沒有。」

陳明：「既然是前所未見的現象，自然無人對此進行研究。但無論如何，我們還是得預測未來的發展，否則何以決定避難的時機，又如何評估所需的物資。」劉智信聽了，默默點頭。

高鴻：「劉局長，我建議你在進行電腦模擬時，要加入南極的水蒸氣分子量這項參數，這數據我們極地中心會提供給你。」

陳義：「劉局長，我也有建議。我們不僅要留意對流層的升溫狀況，也應該掌握平流層、中氣層的後續發展。」

劉智信一邊點頭，一邊以電話記下。

黃信：「部長，我打算聯繫住宅發展建設部，以興建核子戰爭避難中心的名義，請他們推派掩體工程師來規劃這些建築。」

陳明點點頭，看著鄭重：「我有件事要麻煩你。請你會後通知國務院。仁義小組建議：農業部立即擴大全國的耕地面積，國內所有可耕種的土地務必及時種上農作物，要確保避難初期的糧食供應。」

陳明接著詢問有無其它議題。眾人看著彼此，搖頭不語。陳明宣佈會議結束，請所有人到貴賓室休息，稍待片刻一起到餐廳。

陳義隨眾人走出了會議室。他依舊毫無食慾，卻和其他人一起進入餐廳。取了碟子、碗筷，夾了兩樣配菜，盛了半碗白飯，他找個無人的餐桌，坐了下來。其他人仍在取餐，陳義自個兒吃了起來。眾人還在用餐，他卻放下了碗筷。不久後，所有人用完餐，起身離開，順著通道，走出國安部。眾人互道再見，各自離去。陳義沒有走往電車站，反而跑向對街的巴士亭，坐在候車的位子上。

片刻後，巴士來了。何自立走過來，往前門而去。陳義見狀，急忙起身，緊隨何自立上車。何自立走到後段，坐在靠窗的座位上。陳義走至何自立身旁，坐了下來。

何自立突然見著陳義，卻不吃驚，反而笑問：「陳義啊！今天改搭巴士回家？」

陳義長嘆：「唉！何局長，我心中有事，不問問您不行。」

何自立：「嗯！願聞其詳。」

陳義說了那個夢，何自立邊聽邊點頭。陳義越說越激動，竟提及南極的種種。

何自立脫口而出：「別說了！我聽明白了！」

陳義驚覺失言，趕緊住口，瞄向左右。一個白髮蒼蒼的老伯好奇地看著。兩人轉頭，看向窗外，不再開口。老伯看了片刻，閉上眼睛。

何自立看著窗外：「你會做這個夢，表示當時心中隱藏著極大的憂慮。」

陳義點點頭：「是啊！那一晚，我們發覺對流層的溫度出現了變化，聊到了可能發生的種種，的確十分憂心。」

何自立：「人之所以感到憂心，主要來自兩種情形。第一種是憂慮，擔心自己現在做了某件事情，未來可能因此後悔。第二是憂愁，煩惱這件事情眼下要是不做，將來會感到惋惜。」陳義聽著，不停點頭。

何自立：「還有一件事，人就算睡著了，大腦仍會接收到內心的訊息。」

陳義皺起眉：「內心的訊息！這是何意？」

何自立：「一般來說，為了讓大腦休息，人睡覺時會閉上眼睛，避免接收外界的情景。但人的內心是感官的起源。人心會對外在的事、物、情、景產生好惡，這些訊息會傳送至大腦，由腦中的記憶進行分析，再由內心決定人的反應。所以，人即使閉上了眼睛，腦中仍會顯現內心的訊息。」

陳義點頭：「我會做這個夢，還是因為我這顆不安的心啊！」

何自立忽然露出詭譎的神情：「除此之外，還有另一種情形。既然大腦是訊息的接收器，它也會收到其他的訊息。」

陳義一臉詫異：「這又是何意？」

何自立沉思片刻：「我這麼說，可能被說成怪力亂神，或是胡言亂語。但是，你這個夢可能來自不可得知的心靈。」

陳義睜大眼睛：「這怎麼可能？」

何自立：「這並非不可能。你的夢完整地呈現了未來的氣候演變。我在想，應該有個奇特的心靈刻意告訴你這些事情，讓你預作準備。」陳義聽了，仰起頭，閉上眼。

何自立：「從另一方面來看，或許就是這個心靈引導你前往南極。」

陳義張開雙眼，緩搖頭：「難怪啊！這個夢不像一般的夢，我始終忘不了，揮不去。」

何自立：「陳義啊！我有幾句話送給你：易經有云：『旁行而不流，樂天知命，故不憂。』人要像天體一般，行所當行。別受外界的影響，流失了本性。天地寒來暑往，萬物死生不滅，人只要安於天命，根本不需要憂慮。」

「死了就罷了！只要死得其時，死得其所！」陳義聽了何自立的一番話，心中豁然開朗。他想通了，自己別無所求，除了家族的血脈、夫妻的未來。他下定決心：「一定要想盡辦法，讓永達度過未來的危機，好好地活下去。」

陳義回家進了客廳，坐在妻子身旁。夫妻一邊看連續劇，一邊討論周末何處去。到了傍晚，一家人吃完晚飯。陳義走上二樓，進到兒子房內。父子聊起了籃球聯賽各隊的戰績。陳義不想讓家人問起開會的所有事情。他打定了主意，在氣候尚未發生巨變的這些年，要若無其事地過日子。每天準時出門，到集團的教育訓練處上班，擔任新進太空人的指導員。下了班，放假時，陪妻子看電視，帶兒子打籃球。想旅遊就出門，要吃美食就上館子。這原本就是自己的規劃，現在終於有機會實現了，雖然只是短短的三、五年。陳義不再憂心，因他領悟了死生之道，看透了失得之義。

劉智信回到氣象局後，著手蒐集所有的數據。三個月後，他將龐大的資訊輸入了全球大氣分析系統。又過了三個月，模擬產出了結果。

ʖ ʖ ʖ ʖ ʖ ʖ

二〇五二年十月二十三日下午一點三十分，仁義小組的七名成員又聚集到陳明的辦公室。眾人進入會議室，一一就座。劉智信打開電腦，大氣結構分布圖浮現在牆面上。他點開數據，拿起光筆，指向畫面：「這是模擬之後得到的結果，真是令人難以相信的數據。未來三年，對流層的平均溫度每年將上升七到十個攝氏度。預計三年後，也就是二〇五五年，對流層頂部的溫度會升至攝氏一度。平流層的溫度同樣來到攝氏一度。至於中氣層的溫度，依模擬的結果來看，並不會受到影響。」

鄭重：「攝氏一度？那還算冷吧！」

劉智信：「對人來說算冷，但以對流層來說，是前所未見的高溫了。如果升到攝氏一度，大氣所有的對流都會停止，到那時，對流層將與平流層逐漸合併，成為同一個空氣層。接下來，氣候將出現難以想像的怪異發展。」

高鴻睜大雙眼：「整個大氣環流就要出大問題了！」

劉智信點開大氣環流圖：「高局長說得沒錯！最先受到影響的是低緯度環流。這個環流處於赤道的低壓帶，在正常的狀態下，赤道地區受陽光加熱的濕暖空氣會升至空中，依當時的條件形成各種型態的雲。但是，由於異常的溫室效應，空氣上升的速度會變得相當緩慢。況且，由於對流層的溫度大幅升高，水氣無法正常凝結，大部份的暖空氣會停留在對流層之中。一小部份會進入平流層，甚至是中氣層，但因地球的磁場作用，不會再前進了。接下來是極地環流系統，此氣流涵蓋的範圍較小，都在極區的上空，最高只到地面上方八公里。這個環流有如大氣的散熱器，藉著循環作用，透過高緯度環流來冷卻低緯度環流的熱效應，使地球的熱能趨於平衡。在溫室效應的作用下，預估三年後，南極點與北極點的溫度將上升三十五個攝氏度。到那時，北極地區年平均氣溫約為攝氏五度，南極內陸地區年平均溫度則為攝氏零下十度。這樣的溫度對於整個大氣幾乎沒有冷卻效果。受影響最大的則是中緯度環流，這是一個被動的系統，它處在赤道環流與極地環流之間，靠著兩個系統的冷熱作用和地球的自轉產生循環。中緯度環流是個傾斜的氣流，靠向赤道這一面插在低緯度環流的下方，鄰近極地這一面則浮在極地環流的上方。它欠缺一個強烈的熱源或冷源來推動氣體的流動。也就是說，如果極地環流的冷卻作用大幅降低，而低緯度環流的熱能無法在對流層中冷卻，這個中緯度環流將會逐漸消失。失去了這個環流，大氣層只剩下低緯度和極地這兩個環流系統。到了最後，這兩個環流終將形成單獨的系統。依模擬的結果，受熱的濕暖空氣從赤道地區慢慢上升，來到對流層頂後平行移動，接著來到極地的上空，受到冷卻後降至地表，然後來到中緯度地區，最後回到低緯度地區。這就是未來的大氣環流模式。」

劉智信說完未來的氣候概況，六人望著牆上的大氣模擬圖，無奈的心情全寫在臉上。

陳明長嘆氣：「唉！到了那個時候，全球的氣溫又是如何？」

劉智信點出天氣展望圖：「屆時，所有的水氣都停留在大氣當中，地面見不到任何形式的降水了。另外，由於空中充滿了水分子，大氣壓力因此上升，預估將來到五千五百百帕左右，約是目前標準氣壓的五倍。還有，中緯度地區的年平均溫度將會升至攝氏五十五度以上，低緯度地區有可能超過攝氏六十五度。」

高鴻搖頭：「那就是浩劫了，整個大地寸草不生，所有的生物都要遭殃了。」

黃信：「這樣的情況會持續多久？」

劉智信愣了一下：「這無法預測，因為沒有前例。」

何自立：「會持續到火山大爆發之時！」

鄭重一臉詫異：「火山大爆發？」

何自立：「沒錯！我在上次會議中報告過了。由於地核潮汐愈演愈烈，預計未來的三到五年間，分佈在板塊交界的主要火山將會進行大規模的噴發。屆時，大氣中必定充滿了厚厚的火山灰。這些塵灰將與水蒸氣結合，形成濃密的塵雲，阻絕陽光對地表的加熱，失控的溫室效應就會停止。」

鄭重：「接下來呢！溫度會恢復正常嗎？」

何自立搖頭：「這並不是正不正常的問題。溫室效應停止之後，大氣溫度會大幅降低。依我的研判，平流層會降到攝氏零下九十度，和中氣層一樣的溫度。對流層頂部的溫度會降到零下七十度，底部則降至零下六十度。」眾人聽畢，露出驚恐的表情。

黃信深吸一口氣：「冷到這樣的溫度，難怪南極那些生物都要躲到地底下了。」

陳明：「這樣的低溫會持續多久？」

何自立：「這要視火山灰停留在大氣中的時間而定。如果停得久，升溫就來得晚，反之亦然。」

劉智信：「曾有學術機構發布報告指出，火山灰碎屑進入大氣之後，體積較大的顆粒會在一年之內落地，較小的懸浮微粒則會停在空中數個月，有些甚至長達數年。」

陳義搖頭：「不對！那是在大氣環流處於正常的狀態下。如果大量的火山同時爆發，對流層偏偏又處於異常的狀態，超級低溫可能長達數百年，甚至數千年都有可能！」

陳明：「劉局長，這能進行模擬嗎？」

劉智信搖頭：「不能，因為這些狀態都是史無前例的，所有的預測系統都無法模擬。」

何自立：「低溫不至於長達百年之久，因為那時的對流層中佈滿了水蒸氣。水分子會擴散到平流層，接著進入中氣層。這個空氣層正是電離層之所在，而且此處的氣壓非常低。在這裡，氫原子會變得極不穩定，它們將和電離層的自由電子發生激烈的反應，也就是高空雷擊。雷擊會越來越激烈，愈來愈全面，最後變成全球性的雷霆現象，也就是所謂的『打雷閃電』。」

陳義猛然憶起怪異的夢境，脫口而出：「是啊！地球上空真的會發生大規模的打雷閃電。」

何自立看了陳義一眼，點點頭：「嗯！大規模的雷霆現象進行一段時間之後，大氣的對流便會再度啟動。一段時間後，空中的塵雲將逐漸散去。大氣層恢復之後，溫度將會開始上升。」

鄭重：「會上升到正常的溫度嗎？」

何自立：「這也不是正不正常的問題。我估計，在雷霆現象發生五十年之後，溫度便會逐漸隱定。但是，整體的氣候不會像現在這般溫暖了。大家別忘了陳義之前所提，所謂的『地球年』就是一段時期的暖化，緊接著同樣期間的冷卻。現今的暖化就是間冰期，未來的冷卻就是冰河期。從那個時間起，厚厚的冰層將覆蓋在大地之上。萬物雖可重見光明，卻已是另一片光景，因為嚴冬來而不去，一年不再是四季。想當然，無法適應極度寒冷的物種勢必消失，取而代之的將是另一群能耐受酷寒的生物。」

日子一天接著一天，轉眼間，五個月過去了。這天早上，兩位即將前往天宮三號太空站執行任務的太空人來到訓練中心，參加〈無重力環境植物栽培〉課程。陳義正是本科的指導員。他準時進到植物栽培室，見到了兩個人：一個是一臉嚴肅的新人，另一位是兩年未見的伙伴。

徐自強見到了陳義，一臉熱切：「學長！好久不見了！果然到這兒才能看到你。」

陳義聽得親切無比，笑看徐自強的凸腹：「阿強，你變胖了，想趁機到太空站減肥啊！」

徐自強笑得尷尬，拍了新人的肩膀：「學長又要消遣我了。這是李義信，三個月後，我和他一起到上面執行任務。」

李義信靠攏雙腿，舉手敬禮：「長官好！有您的指導是我的榮幸。」

陳義點頭：「別客氣！上了太空之後，所有的事情，都要好好地向這位學長學習。」

徐自強：「學長，我聽管制中心的主任提起，你後來調到南極的崑崙科考站，擔任極地研究員，這是真的嗎？」

陳義聽了，臉上不動聲色，心中暗自琢磨：「要不要告訴阿強這一切呢？」

徐自強見陳義恍若未聞，提高音量：「學長，你在南極有沒有發現甚麼啊？」

陳義微微點頭：「嗯！應該有吧！」

徐自強：「學長，你知不知道對流層的溫度升到了零下三十四度？才過了兩年，溫度竟然升高了十二度！難怪這兩年的天氣這般悶熱。」

陳義淡淡地：「先上課吧！下課再聊這些。」徐自強看出陳義有所隱藏，不再說話。陳義走向一旁的種植架，扯開喉嚨：「兩位！今天這個課程相當重要啊！在太空站，想吃到好吃的白米飯，就要先種出穀粒結實的稻子。然而，種水稻最重要的，其實是施肥的時機啊！」

不久後，下課了，李義信離開植物栽培室，往洗手間而去。陳義看四下無人，湊向徐自強耳邊：「阿強，你記不記得，我們離開太空站之前，我曾對你說過的怪夢。」

徐自強點頭：「我記得。你說那個夢，既逼真又怪異，讓你難以忘記。」

陳義長嘆：「唉！我老實地告訴你吧！夢境中的情景，全部都會實現。」

徐自強睜大眼睛：「那個像災難電影的夢真的會實現！怎麼可能？」

陳義點頭：「是真的。我打從心底也不願相信。但是，你看看對流層的溫度，想想這兩年的天氣，這件事由不得我們不信。現在所有的事情，就像那個夢一樣，一個接著一個發生了，想停都停不了。就像我當時那樣，明明知道自己在做夢，拚命想清醒就是醒不了。」

徐自強聽了，看向窗外的天空，凝視了許久：「學長，這輩子能認識你真好。或許我是痴人說夢話，如果可能的話，希望我們可以回到太空站，一起靠在窗前，看著這個地球，那該有多好。」

徐自強的話撼動了陳義，他的內心又起波瀾。「阿強已經明白了未來的發展，是不是也該告訴家人……還是要繼續隱瞞、若無其事地過日子？」他心中迷惘、陷入兩難。

§ § § § § §

三個月過去了，仁義小組始終沒有召開會議。這天早上，何自立打電話給陳義。他說自己半年前動員所有的人力，前往全國的火山潛藏區進行考察，後來在黑龍江、吉林、遼寧、雲南、四川找到了幾個適合避難的地點。國務院將在這些地方挖掘洞穴，興建基地。

又過了三天，陳義終於收到陳明發出的訊息：國安部將在國防部的全力支援之下，與住宅發展建設部合作，興建災變避難中心，規畫避難程序。感謝小組成員在這段期間為仁義計畫付出的努力。「難道小組被賦予的任務已經完成了？不再召集會議了？」陳義看了訊息，問著自己。

一個月後，陳義來到太空任務管制中心，與眾人一起目送徐自強、李義信登上神龍三號。看著航天機衝上天際，他不自覺地想起自己第一次從發射架飛向太空的心情。接下來的一整天，他不斷地回憶在太空站度過的時光。到了晚上，陳義早早上床，又在床上翻來覆去。「全國的避難中心到底能容納多少人？一家三口究竟有沒有機會進去？自己對仁義計畫做出了巨大的貢獻，但領導層級會考慮這些嗎？如果，只有自己能進入避難中心，那又該如何？」陳義躺在妻子身旁，腦裡千頭萬緒，心中糾結無比。「算了！我能不能進去根本不重要！晚死或早死而已。我只在乎唯一的兒子。無論如何，一定要讓他度過這次的危機！」

隔天早上，天色微亮，鬧鐘響了。李小芬起床盥洗，下樓準備早餐。不久後。陳義進到廚房。夫妻一邊吃早餐，一邊看電視。一位主播嚴肅地播報新聞；一列標題橫在畫面的下方——國務院在各地興建核子戰爭避難中心。

陳義盯著畫面，心中暗想：「仁義小組真的解散了？沒有開會的必要了？」

李小芬冷不防地：「老公！你相信這在建甚麼核子避難中心嗎？這明明就是氣候難民營！」

陳義一臉詫異：「氣候難民營？妳哪聽來的？」

李小芬：「網路社群早就在傳了，氣候就要發生大變化了，會有好幾年的大旱災，地上都種不出糧食來。還有，很多人在自家的後院或山上挖洞。他們還四處搶購罐頭，準備在洞裡躲個幾年，許多人為了搶買東西打得頭破血流呢！」

陳義故作吃驚：「是嗎！真的會發生這樣的事嗎？」

李小芬冷冷地：「你之前不是在南極調查暖化嗎？會不會發生這樣的事，你不知道嗎？」

陳義面色如土，心中猶疑：「要不要趁現在說出來？」

李小芬見陳義臉色怪異，搖搖頭：「你從南極回來兩年了，也不提以前最關心的暖化問題、溫室效應。你越是不提，越表示以後有問題，對不對？」

陳義一臉無奈，點點頭：「妳說的沒錯！以後真的要出大事了。」

李小芬：「難怪這兩年的天氣又悶又熱，我們是不是也該考慮到哪兒避難啊？」

陳義嘆氣：「唉！到哪裡都沒意義，除了妳提的氣候難民營。」

李小芬皺眉：「怎麼會沒意義呢？」

陳義：「幾年後的氣候巨變，遠超乎專家學者們的想像。挖個洞穴，在裡面躲個十幾二十年也沒法熬過去。如果沒有一個強大的政府，運用全國之力來主導，光憑少數人的能力，即便是富可敵國之人，也難以撐過接下來的氣候危機。」李小芬一聽，張了嘴卻說不出話。

陳義：「這半年來，我無時無刻都在等待，等著收到專案小組的會議通知，想藉著開會來了解避難的種種。但是，電話的顯示始終空白。」

李小芬回了神：「問問何自立局長啊！他應該知道一些事情吧！」

陳義點點頭，拿起了電話。他找出何自立的號碼，按下通話功能。兩秒後，畫面中央冒出一行字——此號碼未登記無法通聯。

李小芬探頭來看：「怎麼？沒法聯絡到他？」

陳義一愣：「這有點怪。以前打這個電話，從沒看過這種情形。」

李小芬：「這表示電話號碼已經被註銷了。要不要找其他一起開會的長官問問，總不會都聯絡不上吧！」

陳義搖頭：「我估計這事只能問陳明部長，找其他人都問不出個所以然。但他最近私人電話都關機了，應該是忙得不可開交。想聯絡他，只能透過辦公室的秘書。」

§ § § § § §

半年後，一天傍晚。陳義下了班，走進家門，直上二樓，進到房間，拿出電話，點開訊息。他將電話遞給妻子。李小芬拿近一看——仁義小組將於二〇五三年八月三十一日早上九點召開會議，請所有成員準時就位。

陳義：「我還以為這個小組已經解散了。」

李小芬：「想必那位陳部長該忙的事都處理完了。他之前不是忙得脫不了身？」

陳義：「嗯！我有預感，這次的會議應該和避難脫不了關係。」

李小芬：「那你自己先想清楚，有哪些事情要問的，不要會開完了，才發覺有遺漏。」

這天早上，陳義準時進入陳明的辦公室。仁義小組再度聚集了，何自立卻沒有出現。陳義向眾人打聽，竟沒人知道他的下落。他望著空椅，喃喃自語：「難道何局長從人間蒸發了？」

鄭重：「是啊！這位何局長真是行蹤成謎了。我和黃處長也在找他，卻聯繫不上。派人到他家拜訪，大門總是鎖著。」

黃信：「我查了出入境的資料。自從仁義計畫進行到第二階段的避難中心初步建成，他就出國了，和妻子去了智利。」

陳義一臉詫異：「何局長為何要去智利？」

黃信：「他登記探親的名義，但沒寫探哪個親。」

陳明：「各位，別討論何局長的下落了。今天找各位來，是想告訴大家，從今天起，本小組暫停運作了。」

陳義：「我還以為小組的任務已經完成了，我們一年半沒開會了。」

陳明：「這段期間沒有聯繫各位，是因為我們國安部所有的心力都投注在避難中心。另外，還要草擬撤離計畫。我們仁義小組並沒有解散，未來進入避難中心之後，本人還是會視情況召集各位開會。」

陳義：「小組所有成員都要進入避難中心？」

陳明點頭：「是的！除了何局長之外，我們六個人都在名單上。」

黃信：「按照目前的規劃，我們仁義小組被分配在四川瀘定海螺溝的第一避難中心。」

陳義若有所思：「局長，我有事請教……符合哪些條件的國民可以進入避難中心？」

陳明：「最高領導層級已經成立了仁義計畫評選委員會，準備從全國挑選最優秀的菁英人員，人數約為十萬人，包含本小組在內。這些人的年齡必須在四十五歲以下、三十歲以上，在物理、化學、醫學、建築工程、能源發展、資訊、電子材料應用、航天、農業這些領域擁有高度專業知識。符合條件者才有資格被挑選，可以進入避難中心。另外，還有九十萬個青年國民。這些人的年齡必須在三十歲以下、十八歲以上，男女的比例各半。除了身體的檢查紀錄被評定為健康外，他們以往的學習成績，必須經教育部評定為優良或特優，這些年輕人有機會獲選，跟著進入避難中心。」

陳義：「撤離程序將如何進行？」

陳明：「仁義計畫的撤離行動分成兩個階段。第一階段執行的是菁英人員撤離，預計五天完成。五天未完成撤離者，視同自行放棄權利，由候補的菁英在三天內替補。第二階段是青年國民撤離，在菁英人員撤離後進行，預計二十日內完成。未在時間內撤離者，也視同自行放棄，由其他候補人在五天內替補。」

陳義：「符合條件的國民如何配合撤離行動？」

陳明：「這些人必須拿著自己的國民識別卡，在家中等候武警的到來。待武警出現時，以識別卡接受驗證，完成報到手續。接著搭上武警總部的運送車，前往指定的避難中心。」

陳義：「全國的避難中心約可容納多少人？各項物資是否充足？」

陳明：「避難中心可容納的總人數就是前面提到的一百萬人，分散在十個洞穴裡。除了個人的保溫衣物、私人用品由避難者自備外，所有的維生物資均由國家統一供應，包括食物、飲水、用電。這些東西雖然不能隨心所欲地取用，基本上都不虞匱乏。」

黃信：「避難中心目前最大的問題不在於食物、飲水，而在廢棄物的處理，尤其是人產出的廢物，這一點比較傷腦筋。」

陳義：「有關人的排泄物處理，我有個建議。在電力不缺的情況下，可以參考太空站的氣壓排放方式。先將廢棄物壓縮至最小，再透過氣壓投射到地面上，這樣的方式應該比較可行。」

陳明點點頭：「這是個好建議！我們還在頭痛，要如何解決廢棄物、排泄物。黃處長，請你會後聯絡航天集團，有必要的話親自跑一趟。」

陳義：「還有一件事！何時啟動撤離程序？避難者如何得知撤離的時間點？」

陳明：「這件事很重要，大家注意聽好。啟動的條件有兩個。第一，當北京的氣溫來到攝氏五十五度時。第二，國內的糧食存量低於三個月的總消費量時。只要其中一個條件發生了，國務院將會發布國家進入緊急狀態，隨後國防部就會啟動撤離程序，也就是兩階段的人員撤離。」

陳義：「避難者的名單會事先公布嗎？」

陳明：「為了維持國家內部的穩定，除了極少數的高層、本小組成員外，從頭到尾都不會公布名單。」

鄭重：「只要聽到國務院發布緊急狀態，全體國人都要回到自己的居住地。每個人必須拿著自己的國民識別卡，在家中等待武警的到來。」

黃信：「如果過了一個月，都沒有武警上門，這就表示家裡沒有符合撤離條件的人。」

陳明：「是啊！這整個避難程序，各位都明白了吧！」

這時候，高鴻紅著眼眶，語帶哽咽：「天啊！真到了這個時候，會有多少的生離死別啊！」話一說完，他拉起袖子，擦著眼角的淚。房內頓時彌漫著肅穆之氣，眾人低頭頻頻嘆息。

片刻後，陳義：「部長，我還有一事不明。倘若有人自願放棄避難的權利，他能將此權利轉讓給指定的家人嗎？」

鄭重冷冷地：「此權利不可私自轉讓！這是政府的決策，國家的權力。」

陳明點頭：「是啊！如果這權利可以自行轉讓，那麼，在進行撤離程序時，必定會遭遇到許多波折。我打個比方來說：當武警來到民眾家裡，準備依照任務指示，對某人進行身分驗證。結果這個人不願意做驗證，說要把權利讓給他的家人。這個時候，這位家人也有可能拒絕這項權利。接下來，兩個人開始推託拉扯，或是苦言相勸，甚至以死相逼。這會使得撤離行動變得脫序、無法管控。」

§ § § § § §

散會後，陳義回到家，一直坐在沙發上。此時此刻，他只想著一件事，這輩子最重要的一件事。李小芬見丈夫開完會，回了家，卻不說話，只是靜靜地坐著，看著窗外。她心知今天的會議必定提及了避難的事情。她心中不安，想要問個仔細，但她不願打斷丈夫的思緒。她無奈至極，爬上階梯，進到房間，走至沙發前，轉過身來，準備坐下。

陳義突然出現在她面前：「老婆，你看永達的外型是不是和我很像？」

李小芬愣了一下：「你們兩個人的身高都是一米八三，從背後看的話，還蠻像的。」

陳義：「如果讓他戴上口罩，從正面看像不像？」

李小芬盯著陳義的臉：「你們兩個，除了頭髮、眉毛、眼睛有些不一樣，從正面看也蠻像的。」

陳義若有所思：「是啊！我的頭髮短了些，鬢角也有幾根白髮，眉毛也比他粗一點。」

李小芬直視陳義的雙眼：「老公，你今天去國安部開會，有沒有說到重要的事情啊？」

陳義緩緩點頭，長嘆：「唉！有啊！趁著開會時，想問的事情都問了。但是，聽了答案之後……唉！」

李小芬臉色發白：「我們家是不是有人不能去避難中心？」

陳義聽了，看向一旁，雙唇緊閉。李小芬眼眶泛紅，眼角垂淚：「我知道只有一些人能進避難中心，我一定不能去。」

陳義聽了，胸口一軟，悲從心來，淚水奪眶而出：「老婆，你沒去我也不去！我們哪兒都不去！就待在家裡！」兩人相擁而泣，臉上盡是淚水。熱淚滑落臉頰，濕透了左肩膀。

片刻後，陳義深吸幾口氣，慢慢地回復平靜。他後退一小步，看著妻子的臉：「我們兩個都不去，但我們的兒子一定要去！」

李小芬哽咽：「難道……他們也不讓你去？」

陳義：「小組成員都在避難的名單裡，但我不想去，我要把機會讓給永達。」

李小芬抽抽搐搐：「永達是你的兒子……他沒在名單裡嗎？」

陳義搖頭：「還不知道他有沒有在名單上，就算有，也不會公布，撤離前一刻才會通知。」

李小芬以手拭淚：「那我們要怎麼做，永達才能進避難中心。」

陳義：「妳聽我說：開始進行撤離的時候，武警會先到家裡做身份驗證。到時候，讓永達拿著我的識別卡接受驗證。只要通過了，他就可以搭著武警的運送車，直接到四川的避難中心。」

李小芬：「但是，永達看起來和你不完全像啊！武警可能會看出來。」

陳義：「是啊！所以我在想，讓永達戴上口罩，穿上我的衣服，打扮成我的模樣，想辦法瞞過武警這一關。」

李小芬近看陳義：「你的頭髮比較短一些，還有眉毛也粗一點。另外，就是有幾根白頭髮和眼角的細紋。」

陳義：「妳說的這幾項，是不是可以靠化妝、染髮來改變。」

李小芬：「我沒畫過細紋，其他幾樣還可以。不仔細看的話，應該可以混過去。」

陳義點點頭：「那就好，到時候教永達戴上口罩，細紋應該看不出來。」

李小芬：「這件事要不要先跟他說一下，我怕到時候他會說：我不想自己一個人去。」

陳義愣了一下，長嘆氣：「是啊！該找個機會和他說。」
李小芬又哽咽：「這要你自己去說……我說不出口。」
陳義繃著臉：「好吧！我找時間跟他說。」

原始反終，斯其至矣

二〇五五年二月二十五日傍晚，陳永達吃完晚餐，回到房內看書。沒多久，陳義進門，走至桌旁：「永達，學校的課業學習得怎麼樣啊？」
陳永達：「老爸，你以前都不會問這個耶！不用擔心啦！」
陳義：「哪會擔心啊！偶而也要關心一下……嗯，還有，再過一陣子，你們學校可能就要搬了，這你知道嗎？」
陳永達狐疑：「我們學校要搬哪？沒聽教授、講師提過啊。」
陳義：「教授講師們沒講，就表示他們會繼續留在學校。但是你們有些同學必須轉學，搬到其它的地方上課。」

陳永達皺眉：「老爸，你在說甚麼？我怎麼都聽不懂？」

陳義長嘆：「唉！再過一陣子，北京沒法住人了。所以說，現在的學校也不能繼續上課了。」

陳永達點頭：「這件事大家都知道了。現在天氣變得這麼熱，再過個幾年，除了北極、南極、少數的高山之外，全世界大部份的地方都沒法居住了。但是，沒聽過有誰要轉學啊！難道要轉到南、北極、青康藏高原嗎？」

陳義：「全世界的人都搬到那些地方，會把那兒擠爆了。你們要搬到防空洞學校，那兒比極地好多了，衣食無缺，冬暖夏涼。」

陳永達：「那兒明明就是難民學校。大家都知道，政府在許多地方蓋了避難中心，以後很多人會住到那兒，學生也在裡面上課，放學後也只能待在洞裡，沒其他的地方可去。」

陳義故作訝異：「哦！這件事你們都知道了，那……有沒有聽說誰要去？」

陳永達：「沒聽誰說要不要去，而且，可以去的人，好像也不多。」

陳義點頭：「是啊！很多人想去還去不了。那你想不想去呢？」

陳永達搖頭：「我不知道！我們一家人都會去嗎？」

陳義：「你們學生可以先去，我和你媽不急。等學生們都進去了，才輪到家長。」

陳永達：「到時候我去了，結果你們沒來呢！我不要先去，我不想一個人在那兒。」

陳義：「一個人在那兒有啥好怕的啊？我以前念高中時也是自個兒住在學校的宿舍，等時間久了，和那兒的人混熟了，就不會想家了。」陳永達聽了，面無表情，看著桌上的書本。陳義搖搖頭，長嘆氣：「唉！怎麼樣，一個人去可以吧！」陳永達仍是不發一語。陳義臉色一沉，口氣冰冷：「哼！你如果不去，就在家裡待著！看我和你媽是如何死的，知不知道？」陳永達一聽，滿臉驚恐，趴在桌上哭了起來。

李小芬在隔壁聽到了哭聲，走進房間，來到陳永達身邊。她彎下腰：「永達，你是我們唯一的寶貝兒子，要堅強一點。你爸不是要嚇你，你已經長大了，應該要獨立了。」

陳義紅著眼：「是啊！老爸這輩子唯一放不下的就是你。為了你，我和你媽可以拋下一切。你一定要堅強地走下去，就算路上再坎坷，都不要放棄。」

李小芬輕撥兒子的頭髮，對陳義使了眼色。陳義忍住淚水，走出門口，回到房間，擦著不停湧出的淚。半個小時後，李小芬紅著雙眼，回到房內。

陳義：「怎麼樣？他要去了嗎？」

李小芬點頭：「他和你一樣固執，趴在桌上哭了好久都不說話，把書本都弄濕了。我還用毛巾幫他弄乾。」

陳義：「然後呢？他要去了嗎？」

李小芬啜泣：「有啦！我跟他說：『你不去的話就是老爸去，難道你要留在家裡，和媽媽互相看著對方死掉嗎？』他又哭了一會兒才說好。」

陳義點點頭：「那就好，那就好。」

李小芬哽咽：「他從沒離開過，讓他自己一個人去，我好捨不得。」

陳義：「傻瓜！他不去就是死路一條，妳不知道嗎？」

李小芬看著陳義：「說不定你們父子都可以進去呢？」

陳義搖搖頭：「這不能賭，只有九十萬個人有機會，我們只能孤注一擲。」

李小芬擦著臉上的淚：「老公，我覺得還有問題。如果永達被發現冒用了你的身份，他會不會被趕出來啊？」

陳義：「這點妳放心。他通過驗證之後，會直接搭車到四川的避難中心。我寫一封信讓他帶著，到了中心將信交給陳明部長，陳部長會幫忙的。」

李小芬點點頭：「嗯，這幾天我再想想，看要怎麼幫他打扮，讓兒子看來像你一樣。」

陳義：「還要囑咐他：武警來的時候千萬不可以說話。如果有必要，用點頭或搖頭的方式就好。在前往四川的路上，盡量閉上眼睛，假裝休息，絕對不要和別人交談。」

ஒ ஒ ஒ ஒ ஒ ஒ

二〇五五年十月二十五日晚上十點，每一支個人電話顯示著同一篇訊息；所有的電視頻道、網路媒體同步報導一則新聞：「國務院宣布全國進入緊急狀態：從即刻起，禁止無關民眾進入政府機關、軍事要塞、機場、車站、港口、學校。非屬本國之飛機、船舶、航空器即刻離境，外籍人士亦同。跨越國境之道路、鐵路即將關閉，已出境之民眾盡速返國。航空器未經國務院許可不得起飛、所有船舶禁止出港。糧食不得販賣、購買，並由當地政府派員點收、統一配給。各基層行政區將成立糧食配給站，後天開始發放食物。發放時段為每日早上八點至十二點，國民攜帶身份識別卡至現場領取。民眾除領取食物外不得在居住地以外地區逗留。每日中午十二點三十分起，所有國民攜帶身份識別卡留在居住地，等候撤離通知。有接獲撤離通知者，收拾個人抗寒衣物、生活用品在居住地等待武警到達，進行驗證；未接獲通知者不可擅離居住地，應繼續等待下次撤離通知或武警人員到場告知。」

陳義在客廳看完訊息，急忙上樓，進到房間。李小芬慵懶地坐在沙發上，看著陳義進門。陳義坐到李小芬身旁：「老婆，國務院剛發布緊急命令，明天就要進行撤離了。」

李小芬有氣無力：「真的嗎？要準備撤離了嗎？我去和永達說一下，叫他明天不用去上課了。」

陳義：「記得提醒他，從明天起，他就是陳義了。還有，叫他別緊張，要保持沉著冷靜的心。」

李小芬瞇著眼睛：「好啦！那幾句話連我都會背了！」

隔天早上，陳義醒來，坐在床邊，看著妻子。不久後，李小芬睜開了眼睛。
陳義：「老婆，我有預感，武警今天就會來接永達。」
李小芬睡眼惺忪：「有這麼急嗎？不是說第一階段有五天的時間。」
陳義：「我了解國安部的行事風格，他們一定會安排我們在第一時間進入避難中心。」
李小芬：「沒關係，我有把握讓永達看來和你相差無幾了。」
陳義點頭：「以妳的化妝技巧一定沒問題。」
李小芬長嘆：「唉！把自己的兒子裝扮成他老爸的樣子，這種事情應該沒有其他的女人做過。」
陳義：「待會兒看你的，我先到樓下了。」
陳義走出房間，下到一樓，進了客廳，走至沙發前，準備坐下。他手上的電話忽然響起，同時浮現訊息——請於本日中午十二點三十分前備妥抗寒衣物、隨身行李、身分識別卡在居住地等待武警人員到達。陳義看完訊息，從口袋掏出識別卡，和電話疊在一起，走至樓梯旁，擺上小茶几。他抬頭朝二樓看了一眼，走回沙發坐下，閉上眼睛。
兩個小時後，有人走下了樓梯。陳義張開眼睛，瞧見一個熟悉的身影。此人臉上戴著口罩，身穿紅色條紋衫，著黑色牛仔褲，提著一箱行李。
「真的很像！我還以為看到了自己！」陳義看得猛點頭。

李小芬：「永達已經二十歲了，你們的體型原本就相當接近。」

陳義：「永達，那封信有帶在身上吧！記住，從現在開始，你就是陳義了，沉默的陳義。」

陳永達聽了，微微點頭。陳義走向茶几，拿起電話、識別卡交到陳永達手中：「這兩件東西收好，它們以後就是你的東西了。」

陳永達伸手接來，放進褲子口袋。

陳義：「記得，別說話了。老爸先上樓，不可以讓武警瞧見有兩個陳義在。」

他一說完，立刻轉身，走上樓梯。陳永達看著父親的背影，眼角流下兩行淚。他蒙著口罩啜泣，拼命壓低哭聲。陳義不敢回頭，三步併成了兩步，快速走進房裡，臉上盡是淚水。

李小芬紅著眼眶，抱住兒子：「現在可以哭，等武警來了……就不可以哭了。」母子哭得泣不成聲，緊緊地抱在一起。

許久後，陳永達脫下口罩：「老媽，你上樓陪老爸，我自己在樓下等就好了。」

李小芬抬頭看著兒子：「這樣好嗎？」

陳永達伸手擦去淚水：「這樣比較好。如果武警來了，看到我們這麼哭，可能會發覺不對勁。」

李小芬啜泣：「傻孩子，這種生離死別的時刻，每個人都會哭啊！」

陳永達：「但我現在已經是陳義了。如果我還這麼哭，他們會起疑心的。」

李小芬點頭：「嗯！你爸爸不可能在他們面前哭。」

陳永達走到茶几旁，伸手抽出面紙，將口罩上的淚痕擦乾，又戴回臉上，走到陳義平常坐的沙發坐下：「我自己在這兒等就好了。到了那兒，如果電話還能打，我會打電話回家。」

兩個小時後，武警登門了。沒多久，陳永達離開了。夫妻下了樓，坐上客廳的長沙發，不停地拭淚。李小芬斜靠陳義的肩膀，一臉哀傷：「老公，為甚麼是我們這一代的人碰上這種事情？」

陳義長嘆：「是啊！我也曾經這麼問自己，想了很久才得到答案。」

李小芬：「是甚麼答案？」

陳義：「我原本也認為我們這代的人很倒楣，後來又覺得不是如此。妳想想，如果以前的人遭遇了這種災難，今天地球上應該不會有我們。但是，事情又好像不是這樣。事實上，這種氣候災難在地球發生好多遍了。我想，今天的我們，和這件事之間似乎存在著某種關係。後來，我發覺了一件事。不論以前發生過甚麼、未來會變得怎樣，那些都不重要了。因為，如果沒有現在，根本不會有未來。」

李小芬似懂非懂：「所以現在才重要嗎？」

陳義點頭：「沒錯！不要想以前，也別管未來。我們的兒子已經離開，他就是我們的未來。不要埋怨，不必感慨，這個世界原本就是如此！」

半個月後，食物停止配發了。這天晚上，夫妻一起吞下從配給站攜回的黑色藥丸。兩人喝了水，閉上了雙眼，併躺在床上。不久後，藥效發揮作用，腹中的飢餓之苦逐漸緩和。接下來，兩人全身放鬆，不知不覺地睡著了。

忽然間，陳義聽到徐自強的聲音：「學長，是不是昨晚聊太久了，睡到現在還起不了床啊？」

陳義醒來，張開眼睛。狹窄的白牆、灰色的遮光板、眼熟的起居室竟在眼前。陳義看得納悶不已。疑惑間，右邊轉出一個異常熟悉的身影。徐自強穿著藍色的連身工作服出現了。他拉著牆上的扶手，靠到陳義身邊：「學長，又做怪夢了吧？」

陳義瞧著徐自強，一臉困惑：「阿強，我是不是還在做夢啊？」

徐自強飄向窗前，伸手拉開遮光板：「你最近老說自己一睡覺就做怪夢，忘了嗎？」

陳義轉頭看向窗外，只見下方透著一片藍光。他一邊解開胸前的扣環，一邊自言自語：「我究竟是怎麼了？我都被自己給弄糊塗了，現在到底是在夢裡，還是清醒啊？」

徐自強從窗前移開，退到一旁。陳義來到窗邊，看見一片無止無盡的雪白，驚了一下：「阿強！你看地球是怎麼回事啊？」

徐自強沒有回答，四周靜悄悄地。陳義左瞧右看，小小的艙間突然變得空空蕩蕩。他感到迷惘，離開了起居室，來到氣象觀測室。只見大氣顯示器的畫面上浮現著溫度字：－45.1C。陳義越看越徬徨，趕緊離開。他來到植物栽培實驗室門口。一個似曾相識的背影出現了，就在種植架前方。陳義好奇，進到房內，準備一看。這人瞧著穀子，點頭誇讚：「陳義啊！你這片水稻種得不錯啊！」

陳義大感詫異：「何局長！我聽說你和夫人去了智利，不是嗎？」

何自立沒有答話，手指捏著稻粒，露出滿意的表情。陳義看著何自立，忽然心有所感，轉頭看向牆上的時間——2050年9月23日18:25。

霎那間！他心中的迷惘煙消雲散！

「老爸！你看我種的水稻，不輸你在太空站種的吧！」身後傳來了無比思念的聲音！陳義轉身一看，只見陳永達穿著初中制服，站在一片綠油油的稻田前方，笑著對自己招手。陳義高興不已，開心地向兒子走去。才走了兩步，他感到全身酸軟，完全使不出力氣。看著兒子的身影，陳義無奈至極。漸漸地，他的視線模糊了，兒子的樣貌、稻穗的影像逐漸褪去。一眨眼，陳義發覺自己身處藍天白雲之下，無邊的草原之上。他看著眼前的美景，身體沉重無比。

陳義雙腿一軟，坐在草地上。李小芬抱著膝蓋，就在身旁。她將右手搭在陳義的肩上，溫柔地：「老公，你累了吧！躺下來休息吧！」

陳義轉頭看了妻子一眼，緩緩點頭，躺了下來，閉上雙眼：「是啊！我們都累了，一起休息吧。」

集夢坊

太極圖説 原始返終

出版者●集夢坊
作者●曾景明
印行者●全球華文聯合出版平台
總顧問●王寶玲
出版總監●歐綾纖
副總編輯●陳雅貞
責任編輯●蔡秋萍
美術設計●陳君鳳
內文排版●王芋崴

國家圖書館出版品預行編目（CIP）資料

太極圖説　原始返終／曾景明 著
-- 新北市：集夢坊出版，采舍國際有限公司發行
2020.1　　面；　　公分
ISBN 978-986-96132-7-9（平裝）

863.57　　108019796

台灣出版中心●新北市中和區中山路2段366巷10號10樓
電話●(02)2248-7896　　傳真●(02)2248-7758
ISBN●978-986-96132-7-9　　出版日期●2020年1月初版

郵撥帳號●50017206采舍國際有限公司（郵撥購買，請另付一成郵資）
全球華文國際市場總代理●采舍國際 www.silkbook.com
地址●新北市中和區中山路2段366巷10號3樓
電話●(02)8245-8786　　傳真●(02)8245-8718

全系列書系永久陳列展示中心
新絲路書店●新北市中和區中山路2段366巷10號10樓　　電話●(02)8245-9896
新絲路網路書店●www.silkbook.com　　華文網網路書店●www.book4u.com.tw

跨視界・雲閱讀 新絲路電子書城 全文免費下載 新・絲・路・網・路・書・店 silkbook○com

本書係透過全球華文聯合出版平台（www.book4u.com.tw）印行，並委由采舍國際有限公司（www.silkbook.com）總經銷。採減碳印製流程，碳足跡追蹤，並使用優質中性紙（Acid & Alkali Free）通過綠色環保認證，最符環保要求。

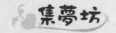